어느 언어학자의 문맹 체류기

* 이 도서의 국립중앙도서관 출판예정도서목록(CIP)은 서지정보유통지원시스템
홈페이지(http:seoji.nl.go.kr)와 국가자료공동목록시스템(http:www.nl.go.krkorisnet)에서
이용하실 수 있습니다. (CIP제어번호: CIP2019028028)

어느 언어학자의 문맹 체류기

백승주 지음

은행나무

차례

작가의 말

'공항에 도착하는 순간까지 절대 중국어를 공부하지 않는다.' 중국 상하이 소재 대학에서의 1년간 파견 근무가 확정된 순간, 남몰래 속으로 한 결심이다. 여행이 아닌 '살러' 가는 곳에서 스스로 문맹이 되겠다는 생각은 지금 돌이켜봐도 매우 어리석은 발상이었다. 하지만 한편으로 '문맹 되기'는 가슴이 두근거리는 혼자만의 비밀 프로젝트이기도 했다.

이 프로젝트의 기원은 내가 10년 동안 일했던 한국어 교실이다. 이 한국어 교실에는 한국어를 한마디도 할 줄 모르고, 한글을 한 글자도 읽을 줄 모르는 외국 학생들이 찾아온다. 요즘이야 한국어를 하는 외국인이 많아졌지만, 아직도 대부분의 외국인에게 한국어는 외계어만큼이나 낯선 언어이다. 그런 언어를 배우겠다고 한국행을 감행한 학생들이 내 눈에는 한편으로 무모하고 다른 한편으로는 신기해 보였다.

그러나 나와 다르게 대부분의 한국어 교사는 이런 외국 학생들을 '무모하다'거나 '신기하게' 생각하지 않는다. 오히려 동병상련의 감정으로 학생들을 대한다. 한국어 교사 집단에 속한 많은 이들이 소위 역마살이 잔뜩 낀 사람들이기 때문이다. 그들은 항상 어디론가 떠나려 하며, 새로운 언어를 배우려 한다. 한국어를 가르치는 사람이나 배우는 사람 모두 '보통' 사람들은 아닌 셈이다.

하지만 나의 경우는 다른 방향으로 '보통'이 아니었다. 지금은 조금 달라졌지만 본래 나는 방에 있는 온갖 사물과 교감을 나누는 인간, 방이 세계이자 세계가 곧 방이라는 이데올로기를 가진 인간이었다. 여기가 아닌 다른 곳으로 왜 그렇게 가고 싶은 것인지 '머리'로는 이해하지만 '마음'으로는 이해 못 하는 그런 인간.

그런 내가, 이런 말을 듣게 된다.

"당신은 가만히 있으려고 하는데, 땅이 움직여서 당신을 다른 곳으로 데려가."

연인들을 고객으로 하는 서울 신촌 거리의 사주 박스

안에 혼자 쭈그리고 앉아 들은 말이었다(소위 학자라고 하는 인간이 어째서 박스 안으로 들어가 사주를 보게 되었는지는 국가 안보와 관련된 비밀이니 여기서는 얘기하지 않도록 하겠다). 어허, 이 아저씨, 내가 뭐 하는 사람인 줄도 모르고 막 말씀하시네. 당시 나는 속으로 이런 생각을 했었다.

그러나 그 사주가 맞아서였는지, 나는 얼마 지나지 않아 직장을 옮기게 되었다. 그리고 새 직장으로 이직한 후에 예상치 않게 중국 상하이로 파견 근무를 가게 되었다. 우여곡절 끝에 파견이 결정되었을 때, 나는 주저 없이 한국어를 하나도 모르는 문맹의 상태로 한국을 찾았던 수많은 내 학생들의 삶을 따라가보기로 했다. 무엇보다도 나는 내 학생들의 눈에 무엇이 보였을지, 어떤 감정 속에서 낯선 나라와 그 나라 언어를 경험했을지 궁금했다. 또 한편으로는 그토록 오래 한국어를 가르치면서도 학생들의 마음을 헤아리지 못했다는 남모를 부채의식이 나를 이 비밀 프로젝트로 이끌었다.

이 무모한 프로젝트를 수행한 또 다른 이유는 학문적 야망(?)이었다. 나는 대학에서 한국어교육학이란 과목을 가르치는데, 그 내용 중 대부분은 인간이 두 번째 언어를 어떻게 습득하는가에 대한 것이다. 의도치 않았던 상하이행은 언어

교육을 연구하는 학자로서 스스로 실험 대상이 되어보겠다는 꿈을 꾸게 만들었다. 다시 말해, 나는 거의 완전한 무無의 상태에서 두 번째 언어를 습득하는 과정을 관찰해보겠다는 야심을 품었던 것이다. 물론 상하이에 도착한 지 한 달도 안 되어 제2언어교육학 역사상 가장 중요한 발견을 새삼스레 다시 하게 된다. 그 발견의 내용이란 이렇다. '게으름은 그 어떤 것보다 강하다!'

이 책에 실린 글은 내가 그 강력한 게으름을 이겨내고 페이스북에 올린 것들이다. 게으름을 이겨낸 원동력은 다름 아닌 '저항 정신'이었다. 아는 사람들은 알겠지만 중국에서는 페이스북을 비롯한 외부 인터넷망이 차단되어 있다. 평소 한국에서는 전혀 페이스북을 하지 않았지만, 막상 못 하게 되니 일종의 저항 의식 같은 것이 생겨났다. 막으면 뚫어주리라. 나는 우회 접속 프로그램을 이용해 페이스북에 접속했다. 그리고 마치 독립운동이라도 하는 것처럼 '상하이, 상해'라는 제목으로 타지의 삶을 글로 써서 올렸다.

모든 도시는 두 개의 방식으로 존재한다. 첫 번째는 당연하게도 있는 그대로의 도시, 실재의 도시이다. 두 번째는 사람들이 마음속으로 상상하는 도시이다. 잠시 이 글을 읽는 것을 멈추고 당신이 한 번도 가보지 못한 도시의 이름을 되뇌어보라. 파리, 뉴욕, 교토, 홍콩…… 어디든 좋다. 한 번도 가보지 못했지만 당신의 마음속에서는 자신도 모르게 미묘한 감정과 그 도시를 둘러싼 많은 이미지가 생겨나 있을 것이다. 그것들을 가만 들여다보면 그 도시들은 수없이 반복되고 변주되는 '같은' 이야기로 건설되어 있음을 알 수 있다. 도시에 대한 수많은 이야기와 이야기들이 덧대지고 쌓여서 만들어진 도시.

'이야기는 인간이 정보를 포획하고 처리하는 단위입니다.' 이런 말을 할 때가 있다. 이야기의 중요성을 강조할 때이다. 그러나 이 말을 하면서 나는 속으로 이렇게 생각한다. '그래서 저는 이야기를 믿지 않습니다.' 이야기는 효율적이지만 이야기라는 형식 안에 담기지 못해 사라지는 정보가 너무나 많기 때문이다. 그래서 나는 두 번째 방식으로 존재하는 도시, 비슷비슷한 이야기로 존재하는 도시 또한 믿지 않는다.

그럼에도 불구하고 나는 이야기라는 매트릭스에서 벗어날 수 없다는 것을 안다. 그러면 어떻게 할 것인가? 인간으로서 내가 가진 유일한 대응책은 이것밖에는 없다. '같은' 이야기들이 빠뜨린 것을 모아 '다른' 이야기를 하는 것.

이 책에 실린 상하이의 모습은 첫 번째도 두 번째도 아닌 세 번째의 방식으로 존재하는 도시다. 그 세 번째 도시란 나의 육체로, 두 다리로 통과한 상하이이다. 내 육체 속에 깃들어 있던 온갖 기억은 상하이라는 도시를 배경으로 빠져나와 화학작용을 일으켜 '다른' 이야기가 되었다. 이 이야기들은 곧 '땅'이 되었고, 이 땅은 조금씩 움직여 나를 여기까지 데려왔다.

돌이켜보면 땅이 움직여 나를 어디론가 데려간다던 말은 누구에게나 적용되는 당연한 말이었다. 이 책 또한 또 다른 땅이 되어 나를 내가 모르는 어디론가 데려갈 것이다. 이 글을 읽는 독자들도 그러하고.

이 책의 글이 당신을 새로운 곳으로 데려가주기를.

그리고 부디 어디선가 다른 이야기로 다시 만날 수 있기를.

2019년 여름 백승주

변신, 또는 외국인 되기

지금 당신에게는 무엇이 보이는가?

외국의 공항에 내리는 순간은 일상의 자동 조종 장치 autopilot가 꺼지는 순간이다. '눈 감고도 갈 수 있는 길'은 이제 없다. 대신 다른 리듬과 호흡으로 이루어진 세계가 눈 앞에 펼쳐진다. 해독할 수 없는 문자와 언어 속으로 걸어가는 순간, 나는 내 눈 앞에 벌어진 광경을 결코 외면할 수 없다는 사실을 깨닫는다. 적어도 상하이에 있는 대학에서 강의를 하게 될 1년 동안은. 나는 여기에 관광객으로 온 것이 아니다. 나의 동공은 끊임없이 확대된다.

상하이 푸둥浦東공항에는 비가 내리고 있었다. 떠나온 한국의 서늘한 가을비가 아니라 열기와 함께 투명한 막을 만드는 수증기를 품은 비. 그 비는 내가 비로소 상해가 아닌 상하이의 시공간 속에 있음을 알려주었다. 비행기에 몸을 실은 두 시간은 나를 내 머릿속의 '상해'에서 실재하는 세계 '상하이'로 데려왔다.

상해. 김구의 도시. 20세기 초 수많은 혁명가들의 암투에 대한 이야기가 담겨 있는 신화 속 도시. 그런데 여기는 상해가 아닌 상하이다. 붉은 오성기를 자랑스럽게 들고 있는 코 묻은 아이, 그리고 허름한 옷차림을 한 그 아이의 부모가 외국 명품으로 세련되게 치장한 남녀 옆에 나란히 서서 지하철을 타는 곳.

내가 상하이에 있음을 알려주는 것은 공기뿐만은 아니다. 초현대식 건물 위에 빨간색으로 쓰여 있는 힘찬 필체의 한자들 또한 나의 시선을 끌어당긴다. 간체자로 쓰인 글자 중 내가 아는 것을 띄엄띄엄 뽑아 글귀를 풀어보려 하지만 제대로 풀리는 것은 많지 않다. 그 글자들은 고대 시대부터 존재했지만 멸종하지 않은 '살아 있는 화석'이 현대의 도시를 활보하는 것처럼 보인다.

어느 언어학자의 문맹 체류기

'니하오'라는 인사말 외에는 중국어를 하나도 익히지 않은 내게, 이 도시에서 사용할 수 있는 언어는 없다. '아메리카노'라는 단어가 스타벅스에서 통하지 않는다는 사실을 깨닫고 나서, 나는 다리오 마에스트리피에리Dario Maestripieri라는 무시무시하게 외우기 힘든 이름을 가진 영장류학자의 이야기를 떠올린다. 그는 《영장류 게임》이라는 책에서 서로 모르는 붉은 원숭이 두 마리를 한 시간 동안 같은 우리에 가두어놓는 실험을 소개한다.

우리에 갇힌 원숭이들은 허공을 쳐다보는 등 서로 모르는 척 무시한다. 그러다가 첫 번째 특징적인 행동을 보이는데, 그 행동이란 바로 이빨을 드러내며 웃음을 보이는 것이다. 이를테면 공격할 의사가 없다는 표시이다. 원숭이들이 마지막으로 보이는 행동은 서로의 털을 골라주는 것이다. 원숭이들이 털을 골라주는 이유는 서로 유대감을 키우기 위함이다.

다리오 마에스트리피에리(여전히 외우기 힘들다)는 이 실험을 교묘하게 우리 인간의 경험과 연결한다. 그 경험이란 바로 엘리베이터에서 모르는 사람과 조우하는 일이다. 엘리베이터 안에서 사람들은 허공에 있는 어떤 가상의 지점을 응시한다. 그러다 긴장감을 견디지 못하면 다른 사람에게 말을 건넨다. 요컨대 털이 없는 인간에게 말하기는 원숭이의 털 고르기와 같은 행위이다.

이런 생각에 빠져 있을 때 한 중년 여성이 나에게 중국어로 무엇인가를 물어본다. 길을 묻는 모양이다. "미안합니다. 바보 같겠지만 나는 니하오라는 중국어밖에 할 줄 몰라요." 이렇게 말해주고 싶지만 방법이 없다. 나는 어쩔 줄 몰라 하다 '이빨을 드러내며' 어색한 웃음만 지어 보인다. 내가 영장류의 일원임을 확인하는 순간이다. 외국인이 된다는 것은 결국 우리가 털이 없는 영장류임을 확인하게 되는 일인지도 모른다.

순도 100퍼센트의 외국인. 이런 외국인이 되는 모험은 사실 내가 열망했던 것이기도 하다. 서바이벌 중국어조차 익히지 않고 중국 땅을 밟은 것은 '100퍼센트 외국인'의 눈에 무엇이 보이는지, 그리고 그 눈으로 무엇을 볼 수 있을지 궁금했기 때문이다.

한국에 있을 때 내 눈에 새롭게 보이는 것은 별로 없었다. 지하철을 타도 스마트폰만 들여다볼 뿐 아무것도 보지 않았다. 똑같은 출퇴근길, 같은 식당에서의 점심 식사, 언제나 비슷한 주말. 모든 것이 변하고 새로웠을 테지만 나의 눈은 바라보는 것을 거부했다.

그러나 100퍼센트의 외국인은 다르다. 그는 봐야만 한다. 봐야 할 것이 너무 많다. 그는 그의 눈을 바꿔야 한다. 언어를 잃어버린 외국인은 제대로 보지 않으면 생존할 수 없기 때문이다. 결국 외국인이 된다는 것은 몸을 바꾸는 일, 즉 변신을 하는 일이다.

순도 100퍼센트의 외국인이 된 나는 새로운 눈을 가지고 이 땅 상하이의 풍경을 부지런히 바라보아야 한다.

그런데, 지금 당신에게는 무엇이 보이는가?

가리키기는 일종의 초능력

상하이는 아직 더운 여름이었다. 여자는 나의 눈을 쳐다보았다. 아마 나의 눈빛은 어느 유행가 가사처럼 불안하게 흔들렸을 것이다. 바로 이 순간을 위해 나는 이 말을 준비해왔다. 아, 실수하면 안 된다.

그래, 나는 바로 여기, 이 순간을 위해 이 말을 준비해왔다.

"워 야오 이베이 빙더 메이스카페이."

나는 내 방 안에서 한 50번쯤 연습해온 이 말을 조심스레 뱉어본다. 인터넷에서 서바이벌 중국어 동영상을 뒤져 힘들게 찾아낸 말이다. 니하오를 제외하고는 처음으로 연습하는 중국어. 입은 더 크게. 성조는 정확하게. 명색이 나는 언어 교사가 아니었던가.

어느 정도 자신감이 생기자 방문을 열고 복도로 나선다. 복도에는 아무도 없다. 잠시 침묵. 텅 빈 복도를 바라보며 연습했던 말을 조용히 읊조려본다. 아직 내 스마트폰으로는 집 밖에서 인터넷을 사용할 수 없다. 만약 이 말을 잊어버리면 낭패일 터.

"워 야오… 이베… 워 야오… 어… 아이씨."

다시 방문을 열고 들어가 컴퓨터의 동영상을 재생한다. 다시 반복해본다. 워 야오 이베이 빙더 메이스카페이. 가게에서 엄마가 뭐 사오라고 했는지 잊어버릴까봐 걸어가는 내내 입으로 중얼거리는 아이마냥, 머릿속으로 같은 말을 되뇌인다. 그리고 드디어 그 말을 내뱉는다.

"워 야오 이베이 빙더 메이스카페이."

여기는 싱바커星巴克. 또는 스타벅스. 때는 9월 초, 상하이 도착 이틀째. 한국은 이미 선선한 바람이 돌기 시작했지만 상하이의 대기는 듣던 대로 습한 열기로 차 있었다. 마실 물이 떨어졌지만 물 이전에 정작 내 몸이 갈급했던 것은 차가운 카페인이었다.

계산대 앞으로 다가가자 점원이 뭐라고 내게 묻는다. 들리지 않는 중국어지만 무슨 의미인지는 안다. 점원의 말이 끝나자 나는 준비했던 손님 역할을 수행한다. 이래봬도 10년 동안 한국어를 배우는 학생들에게 롤 플레이를 시켰던 몸 아닌가. 워 야오 이베이 빙더 메이스카페이. 아이스 아메리카노 한 잔 주세요. 말을 끝내고 점원의 눈을 바라본다. 자, 내 역할은 잘 끝냈지? 이렇게 미지와의 조우는 성공이다. 그러나 평화가 그렇게 쉽게 오던가. 100위안짜리 지폐를 꺼내 점원에게 건네려는 순간, 점원이 또 다른 질문을 던진다. 어, 이건 약속에 없던 건데, 라고 생각해봤지만 점원이 나하고 약속한 것은 아무것도 없다. 어리둥절한 표정을 짓는 내게 점원은 계산대 옆 나란히 서 있는 컵들을 손가락으로 가리킨다.

아, 순간의 깨달음.

톨, 그런데, 벤티.

아메리카노라는 말도 안 통하는데 컵 사이즈를 가리키는 말이 통하겠는가.

나는 손가락으로 그란데 사이즈의 컵을 가리킨다. 아무 말 없이. 알겠다는(아마도) 직원의 대답이 이어지고, 나는 계산을 한다. 원두를 가는 커피머신 소리가 요란하게 들려온다.

커피가 나오기를 기다리면서 나는 마이클 토마셀로 Michael Tomasello라는 영장류학자가 기획한 실험의 동영상을 떠올린다. 이 동영상 속에는 14개월짜리 어린 아기와 엄마가 앉아 있다. 아직 말을 하지 못하는 이 아기의 이름을 (내 마음대로) '원더'라고 하자. 원더는 오늘 기분이 좋다. 배도 부르고 엄마도 원더와 잘 놀아주고 있다. 그런데 원더 앞에 한 여자가 나타나 스테이플러를 사용한다. 그 여자는 잠시 자리를 비우고, 한 남자가 들어와 여자가 사용하던 스테이플러를 책상 뒤의 선반에 올려놓고 나간다. 원더는 이 모든 것을 지켜보고 있다. 잠시 후, 처음 들어왔던 여자가 당황한 표정으로 스테이플러를 찾기 시작한다. 이 모습을 본 원더는 스테이플러가 있는 선반을 가리킨다. 말을 할 줄 모르는 아기가 가리키기를 하는 것이다.

아, 왓 어 원더!

★

가리키기가 뭐 대수냐고 생각할 수 있지만, 우리와 DNA가 98퍼센트 일치한다는 우리의 사촌 침팬지는 원더와 같은 삼척동자도 아는 가리키기를 이해하지 못한다. 먹이가 담겨 있는 통을 인간이 가리켜도 침팬지는 그저 인간의 시선을 따라갈 뿐, 먹이가 든 통이 아닌 다른 통을 무작위로 뒤집어서 먹이를 찾는 식이다. 그러니까 침팬지에게 '가리키기'는 거의 초능력에 가까운 기술이다. 그 이유는 가리키기가 가능하려면 서로의 마음을 읽을 수 있는 능력이 있어야만 하기 때문이다.

'마음을 읽는다'는 것을 말로 풀어내자면 꽤나 현기증 나는 작업이 된다. 이를 그나마 간단히 풀어보자면, 마음을 읽는 것이란 '나와 상대방이 모두 공동으로 한 사물에 관심을 가지고 있다는 사실을 인지'하는 동시에 '다른 이의 관점에서 그 사물을 보는' 과정이다(그렇다. 간단하게 쓴 게 이 정도이다). 그리고 인간은 가리키기를 하면서 이 복잡한 무한 루프를 순식간에 만들어낸다. 그러니까, 내가 하고 싶은 말은, 아주 어처구니없게 들리겠지만 가리키기란 일종의 초능력이라는 뜻이다. 그리고 그 초능력은 더욱 발전하여 급기야는 '언어'를 만들어내게 된다.

인류와 침팬지의 공동 조상이 살던 시절, 그 조상 중에서 가리키기라는 초능력을 가진 뮤턴트, 즉 돌연변이들이 출현했을 것이다. 그리고 그 돌연변이들은 동료 유인원과는 다른 길(인간의 길)을 걷기 시작했다. 말하자면 가리키기는 인간과 인간 언어의 시원인 셈이다.

돌연변이 조상님들 생각을 하면서 커피를 기다리던 내 눈에 문득 치즈 케이크가 들어온다. 진열장 안의 조명이 은은하고도 아름답게 치즈 케이크 위를 비추고 있다. 무엇인가에 홀린 듯 나는 다시 점원에게로 다가가서 가리키기라는 초능력을 발휘한다.

"워 야오 저거(이거 주세요)."

여기는 상하이의 싱바커. 내가 앉은 테이블 위에는 인류의 초능력으로 얻은 시원한 아이스커피와 크림을 올린 치즈 케이크가 놓여 있다.

이렇게 초능력은 나의 몸을 나날이 살찌운다.

버스가 가진 수많은 풍경들

아무래도 유일한 단서가 무용지물이 된 것 같다.

상하이박물관 근처 경찰서(공안국) 앞. 여기에 내가 예약한 버스가 있어야 했다. 나는 미련을 버리지 못하고 다시 핸드폰을 열어 차량 번호를 확인한다. 상하이 근방의 대표적인 수향 마을인(한 100개쯤 되는 '동양의 베니스' 중 하나인) 우전烏鎭으로 우리 가족을 실어다줄 버스가 있어야 하는 자리에는 다른 번호판을 단 버스가 새침하게 서 있다.

출발 시간은 15분도 채 남지 않았다. 나는 아내와 아이들에게 잠시만 기다리라고 한 후 냅다 상하이박물관 쪽으로 뛴다. 경찰서에서 상하이박물관 사이 500미터 정도 되는 거리는 온통 버스와 여행객들로 가득 차 있다. 아니, 어떻게 이럴 수 있나? 이런 꼴을 당하지 않으려고 여기를 두 번이나 답사했었다. 심지어 버스가 출발하는 동일 시간에 맞춰서. 그때 이 거리는 한산했었다. 그런데 이건 무슨 도깨비 시장인가? 지금 이 거리는 쉴 새 없이 사람들이 타고 내리는 버스 터미널로 변해 있다. 그 도깨비 시장통에서 버스 번호판을 확인하며 정신없이 헤매고 다닌다. 누가 보면 당첨된 복권이라도 잃어버린 줄 알았을 것이다. 그까짓 복권이야 없으면 그만이다. 그러나 버스 때문에 이번 여행에서 아내가 제일 가고 싶어 하는 동양의 베니스에 갈 수 없다면? 아니, 왜 동양에 베니스가 있어야 하지? 버스를 찾는 것보다 차라리 이탈리아로 가는 게 더 빠르지 않을까?

★

상하이 도착 일주일 후. 나는 인터넷 전화로 한국에 있는 아내와 상하이 여행 계획에 대해 이야기하고 있었다. 아내와 아이들은 한국의 추석과 중국의 국경절을 이용해 잠시 상하이를 찾을 예정이었다.

"인터넷 찾아보니까 기차 타고 갔다가 다시 버스로 갈 아타야 한다고 나와 있던데? 아니면 상하이 남역까지 가서 고속버스를 타든가."

"아냐, 번거롭게 갈아타지 않아도 돼. 상하이박물관에서 우전까지 곧바로 가는 버스가 있대."

같이 근무하는 G선생님에게 들은 정보를 아내에게 전달하면서 나는 괜히 으쓱했다. 이거야말로 현지에서만 확보할 수 있는 고급 정보 아닌가?

"그럼 예약은?"

"내가 G선생님한테 부탁해놓을게."

한국에서 인터넷상의 정보만 보고 여행을 계획한 사람들은 우전에 가기 위해 기차를 타고 가겠지. 이 사람들은 기차역에서 내린 후에 무거운 여행 가방을 끌고 버스 정류장을 찾아 오락가락 헤매야 할 거야. 그러다 겨우 버스 정류장을 찾으면 누구도 피할 수 없는 결정적인 순간을 마주하게 될 것이고. 그 결정적 순간이란 바로 금도끼 은도끼적 순간을 말한다. 이 버스가 네 버스냐? 아닙니다. 그럼 저 버스가 네 버스냐? 글쎄요.

그러나 고급 정보를 가진 우리 가족은 금도끼 은도끼 적 순간을 경험할 필요가 없다. 아니, 나는 절대로 경험하고 싶지 않다. 상하이디즈니랜드에서는 초인적인 괴력을 발휘하겠지만 그 밖의 여행지에서는 지구에 강력한 중력이 존재한다는 사실을 온몸으로 알릴 초등학생 둘을 데리고서는 더욱이.

모름지기 여행은 다음과 같이 단순하고도 우아해야 하는 것이다. 상하이박물관 앞으로 간다. 버스 정류장을 확인한다. 우전행이라고 쓰여 있는 버스를 찾고 버스에 탑승한다. 도착하면 버스에서 내린다. 끝. 깔끔하지 않은가? 이게 다 내가 가진 고급 정보 때문에 가능한 것이다. 정보를 가진 자, 여행을 지배하리라.

우전행 여행 열흘 전. 나는 인민광장역에서 이 여행을 리허설 중이었다.

중국어를 하나도 못하지만 아내와 아이들은 3주 먼저 온 내 입만을 바라볼 것이었다. 고작 3주 빨리 온 저한테 도대체 왜 이러시냐고요, 라고 아내와 아이들에게 따질 수는 없는 노릇이니 3주 속성으로 중국어를 마스터하자, 라고 생각하는 대신, 나는 그냥 이 한 몸을 고생시키기로 했다. 때로는 입을 움직이는 것보다 다리를 움직이는 게 더 편한 법이다.

도주로를 미리 확인하는 은행 강도처럼 모든 동선을 하나하나 꼼꼼히 체크한다. 출구가 20개가 넘는 인민광장역에서 어느 출구로 나와야 가장 빠른지를 확인하고, 가는 길에 사용 가능한 화장실의 위치와 상태, 간단한 음료수를 살 수 있는 편의점이 있는지도 살핀다. 아이들이 걷는 속도와 여행 가방의 무게까지 고려해서 전체 이동 시간을 가늠해본다. 모든 것이 완벽했다. 단 하나만 빼고는.

리허설의 최종 목적지인 버스 정류장이 보이지 않는다.

정확히는 시외버스 정류장처럼 보이는 곳이 없었다. 표지판 비슷한 것도. 눈 앞에 보이는 많은 버스들은 대부분 시내버스이거나 여행객들을 태우고 박물관 주차장으로 향하는 관광버스들뿐이었다. 정해진 시간에 정기적으로 운행하는 시외버스와 정류소는 어디에서도 보이지 않았다.

한산하기 그지없는 경찰서와 상하이박물관 사이의 거리를 몇 번 왕복한 후, 나는 내가 애초에 잘못된 가설을 세운 게 아닌지 의심하기 시작했다. 상하이박물관 근처의 경찰서가 여기 한 군데가 아니라 여러 군데일 수 있지 않을까? 아니면 G선생님이 생각하는 '근처'와 내가 생각하는 '근처'의 실제 물리적 거리가 다른 것이 아닐까? 1995년 여름, 나에게 길을 묻던 사람들처럼.

★

1995년 여름 어느 날. 나는 제주시청 광양 사거리의 횡단보도 앞에서 땡볕을 맞으며 신호를 기다리고 있었다. 신호등에 대한 인내심이 바닥이 날 무렵, 차 한 대가 스르르 내 앞에 멈춰 섰다.

"저기요."
"네?"
"여기서 우도 어떻게 가요?"
"어디요?"
"우도요."

제주시청 광양 사거리 앞에서 우도를 가는 방법이라. 이건 뭐 서울시청 앞에서 부산에 어떻게 가냐고 묻는 것과 마찬가지 아닌가. 이 사람들은 제주시청에서 우도까지의 거리를 길을 물으며 갈 수 있는 크기의 공간이라고 생각하고 있구나. 혹, 이 사람들은 서울시청에서 홍대까지의 거리 정도면 제주도를 한 바퀴 돌 수 있다고 여기는 건 아닐까? 이런 생각을 하다가 갑자기 왜 이 노래가 떠올랐는지 모르겠다. 지구는 둥그니까 자꾸 걸어나가면…… 그리고 왜 이런 대답을 했는지도.

"이쪽으로 쭉 가세요."
"이쪽으로요?"
"네, 이쪽으로 쭈우욱, 가셔야 해요."

거짓말은 아니었다. '쭈우욱' 달리면 한 시간 30분쯤 뒤에는 우도행 배를 탈 수 있는 성산항 근처까지 갈 수 있을 것이다. 물론 그 자동차를 탄 사람들은 얼마 후 어디까지가 '쭈우욱'인지 심각한 고민에 빠졌겠지만.

사람들은 언어가 촘촘하다고 생각한다. 하지만 유감스럽게도 언어란 매우 성긴 그물이다. 세계는 아날로그이지만 언어는 디지털인 까닭이다. 어쩌다 운 좋게 현실이 그 그물 안에 딸려 들어오는 경우도 있지만, 보란 듯이 그물 밖으로 빠져나가는 경우가 사실 더 흔하다.

길 묻기의 경우는 더 복잡하다. 길을 묻는 사람과 길을 가르쳐주는 사람이 공간에 대한 공통의 감각과 지식을 공유해야 하기 때문이다. 그날 나에게 길을 물었던 사람들이 가졌던 제주도에 대한 공간 감각은 나의 공간 감각과는 너무나 달랐지만, 결국 나는 '쭉'이라는 성긴 언어를 사용할 수밖에 없었다.

★

다시 우전행 여행 리허설 현장. '근처'에 대한 가설을 다시 세운 후, 다시 말해 '근처'라는 어휘가 지시하는 물리적 거리를 크게 확대한 후, 나는 상하이박물관 '근처'를 샅샅이 뒤졌다. 하지만 시외버스나 정류장은 발견할 수 없었다. 며칠 후, 이번에는 예약된 출발 시간인 오전 10시 30분에 맞춰 다시 상하이박물관 '근처'를 찾았다. 그러나 여전히 우전행 버스는 찾을 수 없었다.

버스가 안 보이더라는 말에 G선생님은 예약은 확실히 되었으니 걱정하지 마시라는 말로 나를 안심시켰다. 하지만 불안하기는 마찬가지였다. 이제 믿을 건 예약 확인 문자에 담긴 버스 기사의 전화번호와 차량 번호뿐이었다. 아니, 버스 기사에게는 어차피 전화를 할 수 없으니 버스를 찾을 수 있는 유일한 단서는 차량 번호밖에 없었다.

그런데, 그 유일한 단서가 소용없어진 것이다. 상하이 박물관 주차장을 가득 메운 버스들을 모조리 살펴봤지만 예약한 차량 번호를 가진 버스는 없다. 이제는 10분도 채 남지 않았다. 급한 마음에 나는 버스 기사 전화번호를 누른다.

덜컥. 버스 기사가 전화를 받는다. 웨이(여보세요). 아, 아, 아, 워슈 한궈런(나는 한국인입니다).

버스를 찾아야 하는데 왜 내가 한국인인지 말했냐 하면 생각나는 중국어가(정확히는 아는 중국어가) 그것밖에는 없었기 때문이다. 기사는 중국어로 계속 이야기하고 나는 계속 아, 아, 아, 소리만 내다가 급기야 엉이로 말을 하기 시작했다.

덜컥. 전화가 끊긴다. 소설 운수 좋은 날 스타일의 비극적인 통화였다. 통화를 했는데 왜 버스의 위치를 묻지 못하니. 버스 기사에게 네가 한국인인 것을 말하는 게 뭐가 그리 중요하니.

"버스 못 찾았어?"

뒤에서 아내의 목소리가 들린다. 걱정이 되었는지 아이들과 함께 쫓아온 모양이다.

"어, 아직."

나는 급하게 G선생님에게 전화를 걸어 자초지종을 설명하고 도움을 구한다. 1분 후 G선생님에게 다시 전화가 온다.

"상하이박물관 쪽에서 경찰서 쪽으로 다시 가세요. 노란색 상의를 입은 아저씨를 찾으면 됩니다."

여행 가방과 아이들 손을 잡고 다시 경찰서 쪽으로 뛴다. 이제 4분 정도 남았다. 노란색 상의를 입은 아저씨라. 그런데 노란색 비슷한 색상의 상의를 입은 사람이 왜 이리 많은가? 혹시 저 주황색 옷을 입은 사람? 여기서 '노란색'이란 어느 정도의 채도와 명도를 가진 노란색을 말하는가? 생각해보니 나는 색약이잖아! 얼핏 보면 다들 노란색이 들어간 옷들을 입고 있는 것 같다. 경찰서 쪽으로 다가갈수록 나는 점점 초조해진다. 쉴 새 없이 두리번거리며 노란색 옷을 입은 사람을 찾고 있을 때, 앞에서 누군가 외친다.

"한궈런?"

"예, 예, 한궈런! 한궈런!"

한국인임을 알아봐준 버스 기사 덕분에 우리 가족은 출발 2분을 남겨놓고 겨우 우전행 버스에 올라탔다. 우아함 따위는 버스를 찾는 도중에 탈탈 털리고 없었다.

버스를 탄 것인지 롤러코스터를 탄 것인지 구분이 되지 않는 상태에서, 나는 이 버스의 정체에 대해서 생각했다. 이런 식의 버스 이용 방식은 내가 예상하지 못했던 것이었다. 도대체 이 버스는 뭐지?

★

버스란 무엇인가?

이 심오하고도 철학적인 질문에 답하기 위해 먼저 '버스'란 단어에 대해 생각해보자. 어떤 단어를 들으면 그 단어의 사전적 의미 외에 그 단어를 둘러싼 동서남북의 풍경이 마음속에 생겨난다. '모두를 위한'이라는 뜻으로 여러 사람이 함께 타는 합승 마차를 가리켰던 옴니버스Omnibus라는 단어도 마찬가지다.

옴니버스는 시간이 지나며 '버스'로 불리게 되는데 이 '버스'란 단어도 그 안에 수많은 풍경(언어학자들이 '백과사전적 지식'이라고 부르는)들을 거느리고 있다. 이 풍경 속에는 버스 정류장, 고속버스 터미널과 같은 물리적 풍경부터 '배차 간격'이나 '막차 시간'과 같은 버스 운행 제도와 관련된 내용, 버스 요금을 내는 방식(예를 들어 버스에서 내릴 때 단말기에 카드를 찍을 것인가 말 것인가), 버스의 종류와 그에 따른 이용 방법, 버스에서 허용되는 행위(눈 감고 자는 척하기)와 허용되지 않는 행위(담배 피우기) 등등 버스와 관련된 모든 것이 들어간다. 거기에다 어느 햇볕 좋은 날 버스에서 흥겹게 울려 퍼지던 '자자'의 '버스 안에서'라는 노래, 언젠가 전라도 시골을 혼자 여행할 때 시외버스를 가득 채우던 할머니들의 떠들썩한 수다와 같은 개인적인 경험까지도 그 풍경 속에 포함된다. 이를테면 이 풍경들은 '버스'라는 소리 안에서 유한하고도 무한한 그물망을 이루며 연결되어 있다.

이런 이유로 외계인에게 '버스'의 의미를 이해시키려면 사전의 뜻풀이를 들려주는 것만으로는 불가능하다. 버스라는 단어의 의미를 진정으로 알기 위해서는 버스가 가진 수많은 풍경 속으로 걸어 들어가야 한다. 이는 비단 버스라는 단어에만 해당되지 않는다. 모든 단어의 이해에는 이러한 풍경을 이해하는 과정이 필요하다. 그런 의미에서 어떤 단어든 그 단어의 진정한 의미는 '독립된 여러 개의 에피소드가 하나의 주제로 묶인다'는 뜻의 옴니버스적이다.

아무튼, 상하이박물관에서 탄 버스의 풍경은 내가 처음 마주한 풍경이었다. 버스 안에서 한숨을 돌리고 이게 다무슨 일이지 생각해보다가, 나는 이 버스가 스마트폰 사용 환경과 공유 경제에 기반한 일종의 '도깨비' 전세버스임을 깨달았다. 정기적으로 운행되는 버스가 아니라 연휴 등 특정 시점에 특정 행선지를 가고자 하는 사람들이 개별적으로 인터넷 플랫폼에 신청을 하면 임시로 운행되는 버스. 나의 경우에는 무슨 이유에서인지 예약한 차량이 다른 버스로 갑자기 바뀌었던 것이고. 나처럼 중국어를 못하는 경우라면 큰 낭패겠지만, 대부분의 버스 이용객에게는 이런 일은 문제가 되지 않을 것이다. 스마트폰만 있으면 실시간으로 변동 사항에 유연하게 대처할 수 있기 때문이다. 이 도깨비 버스는 인터넷과 공유 경제가 발달한 중국에서 새롭게 만들어낸 풍경이었다. 하지만 나는 내 안의 풍경에 갇혀 이 새로운 풍경을 보지 못한 것이었다.

★

베니스에 가본 적이 없기 때문에 동양의 베니스라고 할 수 있는지는 판단할 수 없었지만, 과연 우전은 볼거리가 많은 곳이었다. 하지만 재미있는 우전의 볼거리들도 불쑥불쑥 떠오르는 나의 불안감을 잠재울 수 없었다. 그 불안감이란 돌아갈 버스에 대한 걱정이었다. 어떻게 돌아갈 버스를 찾지? 전화로, G선생님이 버스에서 내린 곳에서 다시 타면 된다는 얘기를 해줬지만 문제는 내가 중국어를 전혀 사용할 수 없다는 점이었다. 주차장은 넓고 버스는 많다. 그러니 내가 나무꾼이 되어 금도끼 은도끼적 상황에 처하는 것은 피할 수 없는 운명이다. 그런데 어쩌나? 중국인 신령님은 중국어를 하나도 모르는 한국인 나무꾼을 만나게 될 터인데.

숙소에서 체크아웃을 할 때 모르는 번호로 전화가 왔다. 전화를 받으니 중국인 남자의 목소리가 들렸다. 정확히는 모르겠지만 내가 타야 할 상하이행 버스에 대해 얘기하는 것임을 직감으로 알 수 있었다. 그러나 뭔가 열심히 묻고 설명하는 그에게, 나는 다시 "워슈 한궈런"만 반복할 수밖에 없었다. 남자는 몰랐을 것이다. '저는 한국인입니다'라는 말 속에는 나는 당신 말을 이해하지 못하며, 하지만 당신 말을 정말로 이해하고 싶고, 더 정확히는 어디에서 무슨 버스를 타야 하는지 알고 싶으니 제발 어떻게 좀 해달라는 뜻이 모두 들어 있었음을. 하지만 야속하게도 남자는 내 마음을 알아주지도 않고 전화를 끊어버렸다.

그렇게 해서 나무꾼 남자와 그 가족들은 집으로 돌아가지 못했답니다, 로 이야기를 끝맺을 수는 없으니 뭔가 궁리를 해야 했다. 그러다 새로운 문명의 이기, 번역기 어플이 생각났다. 주차장에서 기다릴 테니 버스 번호와 차량 색깔을 알려달라는 말을 번역기로 돌려 중국인 신령님에게 메시지로 보냈다. 잠시 후 신령님의 메시지가 도착했다.

"我在旗杆下面等你."

떨리는 마음으로 번역기를 돌렸다. 신령님께서는 다음과 같이 말씀하셨다.

"깃대 밑에서 기다릴게요."

깃대? 왜 갑자기 깃대가 등장하지? 여기는 깃대 비슷한 것도 없을 텐데. 잠시 당황했지만 나는 단서를 발견하고 다시 평정을 되찾았다. 여기는 관광지 아닌가? 관광지에서는 단체 관광객들이 깃발을 든 가이드를 따라다닌다. 깃대는 곧 깃발을 말하는 것이리라! 이제 버스 앞에서 깃발을 들고 서 있는 사람만 찾으면 무사히 집에 갈 수 있을 것이다.

우전 입구의 안내 사무실을 막 벗어나 주차장에 진입했을 때, 나는 수백 명의 관광객이 버스에서 타고 내리는 광경을 확인할 수 있었다. 그리고 그 버스들 앞에서 깃발을 든 수십 명의 가이드들이 관광객을 안내하고 있는 모습도.

아무래도 유일한 단서가 무용지물이 된 것 같다.

물 좀 주소

뜬금없는 고백이지만, 나는 가수 한대수의 팬이다. 팬클럽 같은 활동은 하지 않았고 앞으로도 영영 할 생각이 없지만, 그래도 나는 내가 한대수의 팬이라고 생각한다. 한때 카세트테이프가 늘어질 정도로 그의 앨범 〈무한대〉를 듣기도 했지만, 그것만으로 내가 그의 팬이라고 말하는 것은 아니다.

내가 그의 팬임을 깨닫게 된 것은 2005년경 서울 신촌의 여기저기서 출현하는 그를 여러 차례 목격하면서부터이다. 그를 처음 본 것은 2005년 4월 27일 신촌의 교보생명 빌딩 앞 횡단보도였다. 그는 내 앞에서 자기 아내의 손을 꼭 부여잡고 길을 건넜고, 나는 그 모습을 코끼리가 도심 한가운데 나타난 것인 양 놀라서 보고 있었다(아닌 게 아니라 실제로 그날 코끼리 네 마리가 동물원을 탈출해서 소동을 일으켰다).

얼마나 놀랐는지, 나는 그날의 일을 지금은 나도 찾지 않는 내 블로그에 기록해두었다. 그러니까, 나는 그날 한대수를 봤다는 사실을 어디에 가서 자랑하고 싶었던 것이다. 하지만 팬이 되면 불쑥불쑥 올라오는 그런 욕망을 눌러야 한다.

예를 들어 한국어를 배우는 학생들에게 '-아/어 보다'를 가르칠 때 유명한 사람과 만나본 경험을 이야기하게 하는데, 이 수업을 할 때 나는 한대수를 만나봤다고 학생들에게 자랑하고 싶은 마음을 간신히 참았었다. 학생들이 케이팝 가수들은 알아도 1970년대부터 활동한 한국의 히피 할배를 알지는 못할 터이니.

그 대신 정우성이나(미안하지만 이 분 머리 뒤에 비치는 후광 같은 것 없어요), 장동건(이 분 얼굴 저만큼 커요) 같은 영화배우들을 만났던 시시한 경험을 이야기해준다. 그러면서도 한대수를 만난 경험을 얘기해줄 수 없음을 혼자 안타까워하는 것이다.

그 후로도 나는 여러 장소에서 그와 마주쳤다. 지금도 기억에 남는 장면은 그랜드 마트에서 마트 계산원에게 "오우케이!", "굿"이라고 외치며 호탕하게 웃고 있는 그의 모습이다. 한번은 신촌의 한 고깃집에서 술을 마시고 있을 때 다른 테이블에서 가족들과 소주를 마시고 있는 한대수를 본 적이 있다. 망설임과 서성거림의 대가인 나는 '형님 팬입니다. 싸인 좀 해 주십시오'라고 할까, 아니면 그냥 쿨한 팬이 될까 망설이다가, 결국 쿨한 팬이 되기로 하고 술만 마셨다. 그래, 쿨해지자. 그도 사람, 나도 사람.

그 이후로도 나는 한대수의 쿨한 팬으로 살아왔다. 이 말은 어쩌다 가끔 그의 노래를 듣기도 했지만 그에 대한 별 관심 없이 살았다는 뜻이다. 그러다 이곳 상하이에 살면서 그의 노래를 다시 떠올리게 됐다. 심오하거나 거창한 이유 때문은 아니다. 한대수와 그의 노래를 다시 떠올린 이유는 간단하다.

상하이의 식당에서는 찬물을 주지 않는다.

디폴트 값default value이라는 말이 있다. 풀어 말하면 컴퓨터에서 사용자가 따로 지정하지 않으면 자동으로 주어지는 값을 말한다. 즉 기본 값, 따로 이래라 저래라 말하지 않으면 그냥 주어지는 상태를 가리키는 말이다.

그러니까, 무슨 말인고 하니, 중국의 식당과 한국의 식당은 '물'에 대한 디폴트 값이 다르다는 소리다. 한국의 식당에서는 자리에 앉으면 기본으로 냉수를 내오지만, 중국의 식당은 여름에도 뜨거운 차를 부어준다. 이걸 깨달았을 때 내 머릿속 스피커에서는 자동적으로 한대수의 노래 '물 좀 주소'가 재생되고 있었다.

외국인으로 산다는 것은 매일매일 새로운 디폴트 값을 찾는 숨은 그림 찾기를 해야 한다는 뜻이다. 식당만 예로 들자면 냅킨은 따로 달라고 해야 한다든지, 맥주를 시킬 때 따로 "빙더"라고 얘기하지 않으면 상온 상태의 약간 뜨뜻한 맥주를 준다든지, 병따개가 테이블마다 없어서 병을 따려면 종업원을 불러야 한다든지, 물수건을 사용하면 따로 돈을 내야 한다든지 하는 디폴트 값.

이러한 디폴트 값을 최초로 확인하는 순간은 강렬해서, 자신이 떠나온 세상 속에서 작동하던 디폴트 값이 무엇인지 다시 돌아보게 만든다.

예를 들어 "다이쯔"라는 말의 중요성을 깨닫는 과정이 그렇다. 마트에서 장을 보고 계산대에 들어설 때마다 계산원이 항상 하는 말이 있었다. 하지만 나는 그 말을 이해하지 못하고 어떻게 반응해야 할지 몰라 멀뚱히 서 있었다. 편의

점에서 몇 번이나 그 말을 반복해서 듣고 나서야 그 말이 무엇인지를 알게 되었는데, 그 말은 "쉬야오 다이쯔 마?" 즉, 봉투 필요하세요, 라는 말이었다.

요컨대, 중국이든 한국이든 마트나 편의점에서 물건을 살 때는 여러 행동의 연쇄로 이루어진 행위의 세트가 있다. 그리고 봉투가 필요한지 묻고 답하는 것은 그 세트의 마지막 조각이다.

아아, 봉투란 얼마나 소중한 것인가. 한국에서만 살았다면 몰랐을 깨달음이었다. 기실, 너무나 거창한 의미들로 부풀려져서 이제는 오히려 별 의미 없이 사용되는 '문화'라는 것은 결국 이런 자잘한 디폴트 값들의 묶음이 아니었던가.

외국 생활에서 디폴트 값을 확인하는 것은 이처럼 내 몸을 자동으로 조정해왔던 기본 프로그램이 무엇인지 알게 되는 순간인 동시에, 이 세상에 절대적으로 고정되어 있는 기본 값이란 없다는 것을 이해하는 과정이기도 하다. 자신을 조정하던 디폴트 값이 무엇인지를 알고 그 기본 값에서 벗어나는 것. 이것은 어쩌면 진짜 여행자의 삶을 말하는 것인지도 모른다. 그것이 긴 여행이든 짧은 여행이든.

누군가의 팬이 된다는 것도 디폴트 값을 벗어나는 일

어느 언어학자의 문맹 체류기

이다. 팬이 된다는 것은 자신이 다른 사람들과 공유하는 기본 값을 이탈한 비정상임을 발견하는 일이기 때문이다. 그리고 누군가의 팬임을 밝히는 것은 선언이 아니라 자신이 다른 사람과는 다르게 느끼고 본다는 것을 고백하는 것에 가깝다. 말하자면 팬의 기본 값은 비정상이다. 남들이 듣기에는 시끄럽게만 들릴 음악에 그토록 감탄하는 것이 그렇고, 자신이 살고 있는 외국의 식당에서는 냉수를 안 준다는 얘기를 하기 위해서 자신이 좋아하는 가수를 맥락 없이 호출하는 것도 그렇다.

이렇게 꼬리에 꼬리를 물고 세상의 디폴트 값과 그 디폴트 값을 벗어나는 일들을 생각하다, 고개를 돌린다. 거실 베란다 창문에 반사된 내 얼굴이 보인다. 내 얼굴의 디폴트 값은 어찌하여 이 모양이란 말인가? 창문 속 풍경에 싫증이 난 나는 문을 열고 베란다로 나가 어둠이 내린 밖을 바라본다.

아, 그러나 비는 안 오네.
여기는 상하이, 한대수를 듣는 밤.

지하철이 있는 도시에
산다는 것

이윽고 그는 2호선 신촌역 6번 출구 앞에 도착했다. 계단을 내려가려 할 때, 저 밑 계단 아래에서 멈칫하는 중년의 남자가 보인다. 남자는 잠시 자신이 올라가야 할 계단을 가늠해보더니 한숨을 내쉰다. 하지만 이내 무거운 걸음으로 계단을 오르기 시작한다. 오늘 아침, 출근길에서의 나의 표정과 발걸음 또한 저 남자와 같았으리라, 하고 그는 생각한다.

계단을 내려가니 달콤한 머핀 냄새와 커피 향으로 사람들을 유혹하는 프랜차이즈 머핀 가게가 보인다. 계산대에서 주문을 하는 사람들을 보다가 그는 잠시 망설인다. 그러나 그는 이내, 아니야 오늘 벌써 다섯 잔이나 마셨잖아, 하며 생각을 고쳐먹는다. 그래, 커피 다섯 잔으로 버텨야 했던 피곤한 하루였지. 머핀 가게를 지나 그는 개찰구로 향한다. 카드를 찍자 '띡' 하고 통과를 허락하는 효과음이 들린다. 지하철이 방금 도착했는지 빽빽하게 줄을 지어 계단을 올라오는 사람들의 모습이 보인다.

그는 서울에 올라와서 처음으로 지하철 역사를 걸을 때의 충격을 기억하고 있다. 신당역 환승 통로였던가. 사람이 몇 명 없는 환승 통로를 걸어가다가 순식간에 사람들이 홍수처럼 몰려드는 광경을 보고, 그는 얼어붙고 말았다. 그렇게 많은 사람들이 같은 방향으로 달려가는 모습을 태어나서 처음 보았던 것이다. 겨울이라 온통 검은색 톤의 외투를 입은 사람들을 보면서 그는 자신도 모르게 "쥐떼 같아"라고 중얼거렸다.

그러나 지금, 그는 피리 부는 사나이만큼이나 우아한 동작으로 사람들을 요리조리 피하면서 유유히 승강장으로 내려간다. 그 많고 많은 사람들은 이제 그에게 아무런 감정도 불러일으키지 못한다. 대신 그는 다른 이들과 아슬아슬하게 적당한 거리를 유지하면서 걸어가는 것에 온 신경을 집중한다. 이런 기술은 대도시에 사는 사람들이라면 누구나 익혀야 하는 것이다.

지하철에 올라탄 그는 자신이 만들었던 지하 도시와 인생 최초의 미스터리를 떠올린다. 다섯 살 때였던가, 어느 날 그는 동네 공사판에서 높이 쌓여 있는 모래 더미를 발견했다. 묘한 설렘에 빠진 그는 신발을 벗고 앉아서 모래를 파기 시작했다. 마른 모래가 잡히던 손에 금세 축축한 모래가 잡혔다. 어느 정도 파내려간 그는 이제 반대편에서 모래를 팠다. 얼마 후 갑자기 손에 아무것도 잡히지 않았다. 터널과 터널이 연결된 것이다. 희열에 몸을 떨며 아이는 이제 다른 방향에서도 조심스럽게 터널을 팠다.

여러 개의 터널이 연결되고, 터널과 터널이 만나는 지점은 어느덧 커다란 지하 광장이 됐다. 이제 아이는 신발을 벗어 터널 속으로 최대한 깊숙이 집어넣는다. 지하 광장을 통과한 신발을 다른 쪽 터널에서 꺼낼 요량이다. 아이는 다른 쪽 구멍으로 가서 다시 손을 집어넣고 신발을 꺼내본다. 그런데 어라? 신발이 잡히지 않는다. 당황한 아이는 다시 처음 신발을 집어넣었던 구멍에 손을 넣어본다. 아까까지만 해도 손끝으로 느껴지던 신발이 느껴지지 않는다. 구멍에 얼굴을 대고 신발이 있는지 확인해보지만 어두운 구멍

속에서 보이는 것은 없다. 그렇게 그는 신발을 잃어버렸고, 벗어놓았던 신발 한 짝만 신고 울면서 집으로 돌아갔다.

그런데 그 신발은 어디로 갔을까? 모래 더미 속 지하 광장과 다른 세계가 연결되어 있었던 것일까. 어쩌면 이런 지하철도 그럴지 모르겠다. 지하 세계란 모두 연결되어 있지 않을까.

그가 자기 인생 최초의 미스터리를 풀기 위해 생각에 잠겨 있을 때, 정차 역을 알리는 안내 방송이 나온다. 지하철에서 내린 그는 사람들을 따라 계단을 올라간다. 개찰구에 교통카드를 찍지만 아무런 소리가 나지 않는다. 그대로 통과해도 될지 잠깐 망설이다가, 그는 여기가 상하이 지하철 10호선 우자오창五角場역이란 사실을 깨닫는다. 개찰구를 빠져나온 그는 고개를 숙인 채 인파를 따라간다. 우자오창역 4번 출구 계단 아래에 선 그는 잠시 망연자실 계단 끝을 쳐다본다. 갑자기 그의 눈이 커진다. 계단 끝 쪽에 어린아이의 낡은 신발 한 짝이 보인다. 그는 터덜터덜 계단을 올라간다.

어느 언어학자의 문맹 체류기

상하이에서 지하철을 탈 때 이런 몽상을 할 때가 있다. 서울에서 지하철을 탔는데 상하이의 지하철역에서 내리는 한 남자의 이야기. 그만큼 상하이의 지하철이 내게 낯설지 않다는 뜻이다. 상하이가 생경한 여행자라 할지라도 거대 도시에서 지하철로 통근을 했던 사람이라면 상하이 지하철의 익숙한 풍경에 안도감을 느낄 것이다. 지하철 안에서 서로를 의식하지 않는 듯 의식하며 적당한 거리를 유지하는 것도 그렇고, 앉을 자리라는 한정된 자원을 둘러싼 보이지 않는 신경전도 그렇다. 수시로 안내 방송과 노선도를 대차대조하면서 지금 자신이 어디에 있는지 확인하는 모습도 그렇고.

★

남태평양 마셜 제도의 한 부족은 야자수 막대로 만든 전통 지도인 '스틱 차트stick chart'를 가지고 바다를 건넌다. 한 다큐멘터리에서 노인이 자신의 손자에게 스틱 차트를 설명한다. 이 야자수 막대기는 바닷길이란다, 막대기 위에 붙어 있는 돌이 보이지? 이건 섬이야, 이 조개는 환초를 가리키는 거고. 이렇게 구부러진 막대는 조류의 방향을 말하는 거란다. 그리고 조심해라. 여기 끊어진 막대는 큰 파도가 있어서 가지 못하는 곳이야. 노인이 소년에게 건네는 스틱 차트 안에는 태평양이란 거대한 바다가 들어 있다. 이제 소년은 카누를 타고 스틱 차트 하나에 의지해 바다를 건널 것이다.

마셜 제도의 소년은 스틱 차트를 들고 남태평양을 건너지만, 상하이上海라는 바다를 건너는 사람들은 지하철 노선도를 들고 이 바다를 건넌다. 상하이는 서울의 열 배쯤 되는 도시여서, 지하철역의 크기도 서울의 지하철역을 능가한다. 어떤 지하철역은 지하철역이 아니라 거대한 지하 도시처럼 보일 정도이다. 하지만 결국 상하이도 서울과 마찬가지로 지하철 노선도 한 장에 들어가는 도시이다.

거대한 도시를 점과 선의 묶음으로 만들어놓은 이 한 장의 지도는 마셜 제도의 스틱 차트와 묘하게 닮아 있다. 상하이로 처음 흘러들어온 사람들에게 지하철 노선도의 점은 곧 섬이고, 선은 바닷길이다. 아날로그로 만들어진 지상 위의 상하이에서 조난당하지 않기 위해 사람들은 점과 선으로 만들어진 디지털 세계인 지하철로 모여들고, 안전하게 바다를 건너 원하는 섬으로 간다.

어느 언어학자의 문맹 체류기

내게는 서울도 그랬었다. 처음 서울에 올라왔을 때, 내게 신촌역과 이대역은 육지로 연결되어 있는 곳이 아니었다. 방향 감각을 잃고 조난당하고 싶지 않았던 나는 이대역에서 지하철을 타고 신촌역으로 갔다. 지금도 내게 서울은 섬들의 모임처럼 느껴진다. 물론 처음 서울에 올라왔을 때보다 그 섬들이 커지기는 했지만(예를 들어 신촌과 홍대, 이대는 같은 섬이다). 나와 같은 사람들에게 거대 도시는 험난한 바다와도 같고, 그래서 그런 사람들은 지하철을 타고 점과 점, 아니 섬과 섬 사이를 이동한다.

약 90여 년 전, 블라지미르 프로프Vladimir Propp라는 러시아의 한 학자는 100여 개의 민담을 모아 마녀의 머리카락, 용의 발톱과 함께 거대한 항아리에 넣고 오랫동안 푹 끓였다(농담이다). 그리고 그 항아리에서 모든 마법 이야기의 골격을 이루는 31개의 뼈대들을 건져냈다. 그 뼈대 중 하나가 '장소의 이동'이다.

마법 이야기의 주인공은 어디론가 가야만 한다. 그가 이동하지 않으면 마법 이야기는 만들어지지 않는다. 사실 이 세상 모든 이야기는 여기가 아닌 어디론가 갔다가 다시 돌아오는 과정을 그린 것이다. 그런 점에서 지하철은 이야기가 만들어지는 곳이다. 사람들은 지하철을 타고 자신만의 이야기를 만들러 간다. 나 또한 서울의 지하철에서 얼마나 많은 이야기를 만들었던가.

상하이의 10호선 지하철 칸. 나와 같은 칸에 앉아 있는 사람들을 본다. 나는 무의식적으로 함께 탄 이들의 이야기를 추측해본다. 내 맞은편에는 왜소한 체격에 주름진 얼굴을 한 남자가 앉아 있다. 그가 입은 청바지는 한눈에 보기에도 때가 많이 타 있고, 신발 또한 검은 기름으로 절어 있다. 그는 자신의 상체만 한 크기의 박스를 소중하게 안고 있는데, 그 남자의 외모와는 달리 반짝반짝 빛나는 그 박스 위에는 언뜻 보기에도 꽤 비싸 보이는 하얀색 드론과 무선 조종 장치의 사진이 박혀 있다. 아마 그 남자는 하루하루 힘겨운 노동을 팔아 어렵게 마련한 돈으로 아이를 위한 선물을 샀으리라. 남자는 뿌듯한 표정으로 어디론가 전화를 한다. 아빠가 너 사고 싶어 했던 드론 사서 가는 길이야. 뭐 이런 말일까? 남자의 모습을 보다 갑자기 속에서 울컥 올라오는 뜨거움을 겨우 주워 삼킨다.

예전, 서울의 지하철에서도 나는 사람들의 이야기를

추측했었다. 하지만 나는 지하철을 탄 사람들이 나와 다른 사람들이라고 생각했었다. 박정희 시절 중앙정보부에서 부장님을 모셨다면서 고래고래 소리 지르는 노인과, 전화로 자기 재산이 얼마 있다고 크게 방송하는 중년 남자, 서로 쉴 새 없이 욕을 하면서 낄낄대는 고등학생들을 이해하기에는, 나는 너무 바쁘고 피곤했다.

그러나 지금, 상하이의 지하철 칸에 같이 앉아 있는 사람들 사이에서 나는 나의 또 다른 얼굴을 찾는다. 나는 저기 앉아서 초조함에 책을 펴고 공부하는 대학생일 수도 있고, 그 옆에서 전화로 뭔가 따지고 있는 중년 남자일 수도 있다. 아니면 부지런히 같이 앉을 자리를 노리는 저 아이의 엄마일 수도 있다. 이렇게 상하이의 지하철은 나와 나를 닮은 사람들의 이야기를 싣고 어둠 속을 흘러간다.

세계의 대도시들은 그 밑에 지하철이라는 점과 선으로 이어진 영원한 밤의 도시를 하나씩 품고 있다. 그리고 이 점과 선에는 수많은 사람들의 이야기가 흐른다. 그것이 신파이든, 아방가르드이든, 지루한 일상의 이야기이든.

상하이도 마찬가지다. 어쩌면, 지하철이 있는 도시에 산다는 것은 그 밤의 도시의 시민이 된다는 뜻일지도 모르겠다. 그리고 그 밤의 도시들은 모두 연결되어 있을지도.

오늘 밤은 몰래, 상하이 10호선 우자오창역에서 지하철을 타고 신촌역에 다녀오고 싶다.

흠결 없는 영혼이
어디 있으랴

상하이 궈푸루国福路 30-1번지 401호. 내가 살고 있는 집이다. 이 집을 먼저 거쳐 갔던 선배 선생님들은 이 집이 리모델링이 되어 좋아졌다고 했다. 전에 없던 세탁기와 건조기도 생겨 생활하기에도 편할 것이라는 말도 덧붙였다.

처음 문을 열고 들어가자 베이지색 페인트칠이 된 넓은 거실과 침실이 보였다. 작은 방 장롱 안에는 선배 선생님들이 남기고 간 온갖 세간살이가 쌓여 있었다. 큰 방 두 개와 거실. 침실 탁자 옆에는 고풍스러운 중국 도자기 모양의 스탠드. 두 달간 비어 있던 집이라 먼지가 두껍게 쌓여 있었지만, 내가 자취 생활을 할 때 기거했던 집들을 생각해보면 호사도 이런 호사가 없었다. 거실 밖에는 베란다가 있었는데 베란다는 얇은 유리창이 달린 새시 문으로 거실과 연결되어 있었다. 새시 문을 열고 나가려 할 때 문틀에 쓰인 영어 문장이 눈에 들어왔다.

"THE SHOW MUST GO ON."

글자에서 장난기가 느껴졌다. 누가 이런 문장을 썼을까? 선배 선생님들이 이런 글을 썼을 리는 없고…… 아마 오래전에 이 집에 살았던 외국인 교수가 썼을까? 이 집을 떠나 본국으로 돌아가면서 마지막으로 이런 글을 남겼을까? 떠날 때는 어떤 마음, 어떤 기분이었을까? 여러 가지 상상이 머릿속에서 꼬리를 물었지만 관리인의 안내를 받느라 나는 이내 꼬리 물기를 그만두었다.

그리고 그날 이후, 그 쇼라는 것이 무엇인지 알게 되었다. 이 집에서 진행되는 쇼는 다름 아닌 '고장 쇼'였다. 그러니까 이 집에서는 한 주나 두 주 간격으로 물건들이 고장난다. 만약 이어달리기 대회 대신 이어고장나기 대회가 있다면 이 방은 거뜬히 우승할 수 있을 것이다.

어느 언어학자의 문맹 체류기

시작은 인터넷 무선 공유기였다. 처음에는 중국 당국이 한참 인터넷 검열에 열을 올리던 시기여서 인터넷 접속이 안 되나 싶었다. 한참이 지난 후에야 공유기에 문제가 생겼다는 것을 알게 됐지만, 관리인에게 공유기가 고장 났다는 사실을 납득시키는 일은 쉽지 않았다. 공유기는 영혼이라도 있는 것인지 내가 집에 혼자 있을 때는 인터넷 신호를 잡지 못하다가 관리인만 들어오면 언제 그랬냐는 듯 빵빵하게 신호를 잡아냈다. 교체해달라고 말을 했지만 관리인은 알았다는 시늉만 하고 교체를 해주지 않았다. 결국 한국에서 사온 무선 공유기를 설치하면서 인터넷을 사용할 수 있게 됐다. 하지만 커피포트, 청소기, 세탁기, 건조기, 전등, 방충망, 벽면의 전기 콘센트, 에어컨, 라디에이터, 전기장판, 스탠드…… 그리고 이 글을 쓰는 노트북까지, 화려한 고장 쇼는 계속되었다.

고장 나는 패턴도 비슷해서, 세탁기나 건조기는 되다 안 되다를 반복했는데 희한하게 관리인이 오는 시점에는 작동이 잘 됐다.

이상한 일도 반복이 되면 질서가 된다. 처음에는 짜증이 났지만 어느 시점부터는 고장 나는 게 이 집의 질서 아닐까 하는 생각을 하기 시작했다. 그 이후로는 평정심을 유지한 채 반드시 고쳐야 할 것들은 고치고 포기할 것들은 포기했다. 풍향 조절이 안 되는 에어컨에 두꺼운 종이를 끼워 풍향을 조정하는 것처럼 어떤 것들은 임시방편을 쓰기도 하고.

불을 끄고 침대에 누워 이번 주에 생긴 고장과 그 대책을 궁리하다 보면, 어쩌면 이 집이 내게 이런 방식으로 말을 걸고 있는 게 아닐까 하는 생각이 들기도 한다. 아닌 게 아니라 밤이 되면 방에서는 규칙적으로 뚝, 뚝, 하고 꺾이는 원인 모를 소리가 난다(아마 천장에 붙어 있는 나무나 벽에 붙어 있는 가구들이 수축하면서 나는 소리가 아닐까?). 아침이면 자잘한 시멘트 파편들이 방구석에 떨어져 있는데, 괴기스럽지는 않아도 처음에는 무척 거슬렸던 그 소리와 광경도 이제는 익숙해졌다. 매일 그런 광경을 보다 보면 은연중에 프랑스 시인 랭보의 말을 떠올리게 된다.

"Quelle âme est sans défaut?"

흠결(결함) 없는 영혼이 어디 있으랴?

그리고 이 말은 나를 대학원 시절의 첫 번째 자취방으로 데려간다.

삶의 총합은 아닐지라도 삶의 일정한 부분 집합은 내가 살았던 방의 기억이다. 만약 삶의 기억이 건물로 지어져

THE
SHOW
MUST
GO
ON

있다면, 그 건물의 각 층은 자신이 살았던 방들로 이루어져 있을 것이다. 그리고 그 각각의 방에서는 각각의 다른 '나'가 그 시절의 사건들을 재현 중일 것이고. 삶을 추억하는 일이란 그 건물 안의 층과 층 사이를 오르내리고, 방과 방 사이를 뛰어다니는 일이다.

그 방들 중 대학원 시절 살았던 서울 이대역 뒤의 반지하 방에 잠깐 들러본다. 반지하라고 하지만 사실상 지하라서 낮에도 빛이 거의 들어오지 않던 방. 화장실이 없어서 볼일을 보려면 계단을 올라가 옥외에 있는 화장실을 이용해야 했던 방. 펌프가 고장 나면 샤워실로 하수가 역류하던 방. 그 펌프를 점검한다며 집주인이 예고 없이 수시로 문을 따고 들어오던 방. 베니어판 한 장으로 만든 벽 너머로 알코올 중독자인 옆집 아저씨의 울부짖음이 밤낮으로 들리던 방.

그 방에 들어간 지 한 달 반쯤 넘은 크리스마스 이브의 아침이었다. 크리스마스 이브 아침이었지만, 크리스마스 분위기를 낼 상황이 아니었다. 며칠 뒤 월세를 내야 하는데 잔고는 5만 원밖에 안 남아 있었고, 필사적으로 노력했지만 아르바이트 자리는 도무지 구해지지 않았던 때였다. 아무튼 그날 아침 화장실에 가려고 계단을 올라가려는데 이미 볼일을 보고 내려오는 룸메이트가 계단 저 위쪽에서 뭔가

떨떠름한 표정으로 나를 내려다보고 있었다.

"승주야."
"어?"

잠시 침묵.

"눈 온다. 그것도 완전 예쁜 함박눈."

또 잠시 침묵.

"씨바."

둘의 입에서 동시에 이 말이 튀어나왔다. 자신도 모르게
튀어나온 욕설에 우리는 멋쩍어 하며 웃었다. 계단 위로 올라
와보니 정말 함박눈이 곱디곱게 온 세상에 쌓여 있었다. 하나
그 아름다운 풍경은 나나 내 친구와는 관계가 없었다.

그 당시 내가 부적처럼 마음에 품고 다녔던 말 중 하나
는 바로 앞서 말했던 랭보의 시구였다. 그때의 나는 "Quelle
âme est sans défaut?"라는 말을 '흠결 없는 영혼이 어디 있

으랴'가 아니라 '상처 없는 영혼이 어디 있으랴'라는 뜻으로 오해하고 있었다. 나는 이 말을 세상에 상처를 입지 않은 사람은 그 누구도 없으니 버티자고, 버텨야 한다고 주문하는 시구로 멋대로 해석했었다.

가슴속에 너울대던 불안이 목구멍을 넘어와 욕설로 변하던 시기였다. 위악과 냉소는 나의 무기였다. 가진 것도 내세울 것도 없으니 날카로운 칼처럼 살아야겠다고 다짐했었다. 내가 위악으로 똘똘 뭉쳐 있었구나, 그 위악이 나를 참 힘들게 하는구나, 라는 자각을 조금씩이나마 하게 된 건 직장에 들어가 학생들을 가르치고 동료들을 만나면서부터인 것 같다. 그래도 그 위악은 내게서 잘 떨어져나가지 않았다. 랭보 시의 뜻을 '상처'가 아니라 '흠결'이나 '결함'으로 해석해야 한다는 것을 알게 됐지만, 잘 와닿지 않았다.

그러다 어느 순간, 내가 참 흠결이 많은 사람이라는 것을 깨닫게 되었다. 내가 행했던 어처구니없는 실수와 행동들을 떠올리면, 나는 나도 모르게 식은땀을 흘리기도 한다. 이제 나는 세상이 내게 준 상처보다는 나의 흠결을 더 부끄러워하는 남자가 된 것이다. 그렇지만 "흠결 없는 영혼이 어디 있으랴"라는 시구로 제멋대로 위안을 받는 남자.

어느 언어학자의 문맹 체류기

자기의 흠결이 보이기 시작하면, 사람들이 나의 흠결을 받아주는 것이 기적처럼 느껴진다. 그리고 위악을 떨 때는 몰랐던 고마움 또한 생겨난다.

　　'défaut'라는 단어를 '상처'에서 '흠결'로 읽어내기까지 20년이 걸렸다. 아직도 위악을 떨 때가 있지만 그때마다 사람들이 흠결 많은 나를 어떻게 받아줬는지 떠올린다. 그 많은 흠에도 '불구하고' 나를 받아준 아내, 친구들, 동료들. 그래서 조금 더 웃어야겠다고 생각하고, 내 눈에 보이는 다른 사람의 흠결도 이해해보려 노력한다. 아니, 프랑스의 위대한 시인이 흠결 없는 영혼은 없다고 하지 않았는가?

　　그러니까 내 말은, 집 안의 물건이 고장 나기로는 우승감인 상하이의 이 집을 조금은 좋아하게 되었다는 뜻이다. 어쩌다 보니 정이 든 것인지 모르겠지만.

　　약 한 달 반 동안 이 집을 비운다. 그 사이에 이 집의 물건들은 또 무엇인가 고장이 나 있을 것이다. 그리고 나의 흠 많은 삶도 계속될 것이다.

　　하지만, 흠결 없는 영혼이 어디 있으랴?

슈퍼 리치의 악몽

아무렇지도 않게, 악몽이 배달됐다. 새벽 2시였다.

어슴푸레 천장이 보인다. 조금 전 나는 소설가 K를 살해했다. 어쩐 일인지 그와 나는 시골 어느 밭에 같이 서 있었다. K는 밭의 관리인이었고, 그의 도회적 이미지와는 안 어울리게 새마을 모자를 쓰고 있었다.

커튼 사이로 희미하게 들어온 빛이 천장에서 너울거리며 무늬를 만든다. 무늬를 바라보다 다시 내가 K를 죽였다는 사실이 기억났다. 내가 왜 그를 죽였지? 그 우스운 모자 때문인가? 이유는 전혀 기억이 나지 않는다. 대신 사람을 죽였다는 끔찍하고 생생한 감정이 온몸의 혈관으로 번져온다. 내가 그를 유기했던가? 사람들이 증거를 찾아내지 않을까? 어디론가 가서 숨어야 할까? 그럼 어디로? 이런 숨 막히는 죄책감 속에서 아무렇지 않게 살아갈 수 있나?

그러다, 나는 내가 침대 위에 누워 있다는 사실을 깨닫는다. 꿈의 경계를 막 넘어온 것이다. 불을 켜고 몸을 일으켜 세웠다. 침대 맡에 기대앉아서 푸르스름한 페인트가 칠해진 벽을 한참 동안 바라보았다. 그제야 안도의 한숨이 나왔다. 나는 꿈속에서 살인을 저질렀어. 여기서는 아니야. 여기서는 아니라고.

나는, 이른바 내가 '도스토옙스키식 악몽'이라고 부르는 그런 꿈을 꾼 것이다.

이런 꿈을 처음으로 꾼 것은 대학 1학년 여름 방학의 어느 대낮이었다. 그때 나는 1970년대에 출판된 삼성출판사의 세로 쓰기판 《죄와 벌》을 읽다가 잠이 들었다. 잠들기 직전 내가 읽은 장면은 공교롭게도 라스콜리니코프가 전당포 노파를 죽이는 부분이었다. 말 그대로 깨알같이 쓰인 소설을 읽다가 낮잠에 빠져든 나는, 땀을 줄줄 흘리며 살인자가 되는 꿈을 꾸었다. 꿈에서 깨어서도 잠시 동안 나는 내가 라스콜리니코프라고 착각하고 있었다.

여러 가지의 악몽이 있지만 이런 도스토옙스키식 악몽은 최악이다. 어느 정도로 최악인가 하면, 수업 도중에 나와 친하게 지내는 선생님들이 쳐들어와 너처럼 수업 못하는 인간은 더 이상 못 봐주겠다며 수업에서 나를 쫓아내는 악몽보다 더 심하고, 숙취가 심한 아침에 간밤 술자리에서 직장 상사에게 이 월급으로 어떻게 사냐며 따지다가 "너부터 잘라줄게"란 말을 들은 것이 꿈이 아니고 생시였다는 것을 깨닫는 것만큼 끔찍하다.

끔찍하기는 하지만 악몽에도 좋은 점이 하나 있다. 그것은 바로 공평함이다. 세금과 달리 악몽은 공평하다. 악몽은 나이나 지위, 빈부를 가리지 않고 누구에게나 찾아가기 때문이다. 막상 이렇게 써놓고 보니 악몽이 그렇게 공평하지는 않은 것 같다. 나는 세상의 악한들과 학살자들, 그리고 무엇보다도 나를 괴롭히는 인간들에게 악몽의 누진제가 적용되었으면 좋겠다. 아무튼, 국세청은 속일 수 있지만 악몽은 따돌릴 수 없다.

★

전설에 따르면 400여 년 전 상하이에 살던 슈퍼 리치에게도 악몽이 배급되었다. 그 슈퍼 리치는 '반윤단潘允端'이라는 명나라의 세도가였다. 그가 얼마나 '슈퍼'한 리치인가는 그가 아버지를 위해서 20여 년간 만들었다는 정원인 예원豫園에 가보면 안다. 겸손하게 '정원'이라고 하면 우리는 기껏 앞마당이나 뒷마당을 떠올리지만 중국식 정원인 원림은 다르다. 예원은 말 그대로 구중궁궐이다. 지붕과 담에 놓여 있는 조각상, 마당에 기암괴석을 쌓아 만든 인공산, 돌을 하나하나 박아서 만든 바닥의 화려한 장식까지 예원의 모든 것이 그가 시대를 초월한 압도적 재력가임을 보여준다. 이런 예원의 풍경을 보다 보면 조선의 왕들이 참으로 가난하고 검소하게 살았다는 생각이 들 정도이다. 하지만 그런 슈퍼 리치 반윤단도 악몽을 막을 수는 없었다.

그런데 그가 배급받은 악몽은 사람을 죽이는 내용이 아니었다. 그는 자신의 정적이든 황제든 살아 있는 사람은 두려워하지 않았다. 예원의 담과 지붕을 용으로 장식해 황제로부터 역심을 의심받았지만 자기 집에 있는 용은 발가락이 세 개뿐이기에 용이 아니라는 궤변으로 빠져나온 그였다.

반윤단이 두려워했던 것은 이미 죽은 자들이었다. 세

도가인 자기 집안에 죽임을 당한 사람들. 그들이 강시가 되어 예원으로 들이닥치는 꿈. 복잡한 미로 같은 예원을 걷다 보면, 반윤단이 죽은 자들로부터 도망치기 위해서 정원을 이렇게 복잡하게 만들었나 하는 생각이 들기도 한다.

우리 같은 필부가 악몽을 꾸면 쓸데없이 침대 이불보만 땀으로 축축하게 만들 뿐이지만, 슈퍼 리치가 악몽을 꾸면 급이 달라진다. 악몽이 현실이 되는 것을 막을 대책이 세워졌다. 제일 먼저 예원 앞에 호수를 파고 다리를 놓는 방법이 강구됐다. 하지만 그것으로는 충분치 않았다. 죽은 자들은 그 다리를 가득 채울 것이고 기필코 예원 안으로 들어올 것이기 때문이다. 그리하여 또 다른 신박한 대책이 추가된다. 그 대책이란 다리를 아홉 번 꺾은 모양으로 만드는 것이다. 한 방향으로 직진밖에 못하는 강시들은 아홉 번이 꺾여 있는 다리를 건너지 못할 것이라는 계산에서였다.

이렇게 해서 슈퍼 리치의 악몽은 아름다운 건축물인 구곡교九曲桥로 완성되었다.

400여 년이 지난 지금, 상하이를 여행하는 모든 사람들은 악몽의 무대였던 이 다리를 건너기 위해서 온다. 사람들이 처음부터 이 다리를 찾는 것은 아니다. 여행객들은 수도 없이 밀려드는 사람들 사이에서 길을 잃고 헤매다 우연히 이 다리를 건너게 된다.

여행객들은 예원으로 가려 하지만 처음 이 곳에 온 사람이 예원을 찾는 것은 쉽지 않은 일이다. 예원은 이제 중국 전통 가옥의 지붕을 얹은 거대한 예원상성豫園商城이라는 쇼핑 단지 안에 숨겨져 있기 때문이다(예원상성은 단순한 전통 시장이 아니라 상하이 주식 시장에 상장된 주식회사다). 예원으로 모여드는 사람들에게 물건을 팔기 위해 지어진 예원상성 안에서, 사람들은 자신이 본래 가려고 했던 목적지를 잊는다. 급기야 자신도 모르게 먹을 것을 사고, 기념품 가격을 흥정한다. 그러다 우연히 호수와 그 호수를 대각선으로 가로지르는 구곡교를 발견한다. 그리고는 그 다리가 어디로 연결되는지 알지 못한 채 산이 있기에 산을 오른다는 식으로 다리를 건너기 시작한다. 다리를 건너는 도중, 여행객들은 다리 위 여기저기서 단체 사진을 찍는다. 몇 년 뒤에는 그 사진을 어디에서 찍었는지 잊어버리겠지만, 어찌되었든 그들의 표정은 행복해 보인다. 그러다 다리 저편에 매표소가 눈에 들어오면 그곳이 예원 입구임을 깨닫는 것이다. 예원의 입구를 찾은 일부는 매표소에서 표를 끊고 예원으로 들어가고, 또 많은 일부는 별거 없다는 표정을 지으며 다시

어느 언어학자의 문맹 체류기

구곡교를 건너온다.

구곡교 한가운데 서 있는 150년 된 찻집 호심정 2층에 앉아 밖을 바라본다. 이렇게 위에서 바라보면 다리를 아홉 번 꺾어 만든 것이 제 역할을 다하고 있다는 사실이 더 확연해진다. 예원으로 가려는 사람들과 예원에서 되돌아오는 사람들이 뒤엉켜 구곡교는 심한 병목 현상과 정체 현상을 보인다. 여행객들은 다른 이들과 부딪힐까봐 온몸에 힘을 주고 근육이 마비된 사람처럼 조심조심 걸음을 옮기며 다리를 건너간다. 강시로 가득 채워진 것은 아니지만 반윤단의 악몽은 다른 방식으로 실현된 셈이다.

그렇게 한참 동안 구곡교의 모습을 위에서 보고 있으면 어느덧 내가 반윤단의 악몽 속으로 들어와 있는 느낌이 든다. 행복한 여행을 하는 사람들에게는 좀 미안한 말이지만, 구곡교 위를 더듬더듬 걸어가는 그들의 모습은 내게 좀비 영화의 한 장면을 상상하게 하기 때문이다. 좀비들이 들끓는 구곡교 위의 찻집에 갇힌 나는 어떻게 다리를 건너 도망칠 것인지 궁리하기 시작한다. 어느덧 나는 호심정에 앉아서 나의 악몽을 즐기고 있다.

어렸을 때, 무슨 영화인지는 기억이 안 나지만 감염된

자들로부터 쫓기는 영화를 보고 공포에 떨었던 적이 있다. 중세 수도사 같은 복장을 한 감염자들은 감염되지 않은 사람들을 쫓는다. 영화 속 주인공은 결국 혼자가 된다. 자신과 함께했던 모든 사람이 '감염자'로 변해버린 후 자기만 홀로 살아남았다는 것을 깨닫는 주인공의 마지막 모습. 어린 내 기억 속에 그 모습은 영화에 등장하는 다른 어떤 장면보다도 공포스러웠다.

그런 기억에도 불구하고 세상에서 도망치고 싶을 때 나는 좀비 영화나 드라마를 찾는다. 내가 생각해도 이상한 부분인데, 나는 달달한 로맨스 드라마에서 두 주인공의 오해가 쌓여 갈등이 최고조로 높아지는 부분도 잘 못 보기 때문이다(사랑스러운 두 남녀를 그렇게 찢어놓다니, 작가들이란 얼마나 잔인한 작자들인가). 그런 장면이 나오면 결국에는 잘 풀릴 것을 알면서도 '아욱, 못 보겠어'라고 생각하며 물을 마시러 가거나 화장실로 도망을 친다. 사정이 이러하니 공포 영화도 잘 보지 못한다. 어떤 영화를 볼 때는 눈을 자꾸 위로 치켜들며 눈물을 참는다. (그러다 주위를 살펴보면 나만 울고 있다.) 그런 내가 온갖 끔찍한 장면이 가득한 좀비 영화를 보면서 위안을 얻는 것이다.

그 취향을 확인한 것은 몇 년 전이었다. 몸도 마음도 그

로기 상태였던 그때 우연히 〈워킹 데드〉라는 하드 코어 미국 좀비 드라마를 보게 되었다. 친구와 가족을 잃고 처절한 사투를 벌이는 릭 그라임스라는 남자의 이야기였다. 한밤중 논문을 쓰겠다고 앉아 있다가 막히면 나는 릭 그라임스의 악몽 속으로 들어갔다. 그리고 릭이란 남자의 악몽 속에서 같이 도망을 쳤다. 그런데, 그렇게 드라마 속 인물들과 도망을 치고 있으면 살아야겠다, 살아야 한다는 마음이 꿈틀거렸다. 볼 때는 몰입하게 되지만 끝나고 나서는 허무해지는 액션 영화나 SF 영화와는 다른 감정이었다.

이처럼 호심정에 앉아서 반윤단의 사연을 생각하던 나는 뜬금없이 내가 보았던 좀비물들과 그 좀비물을 보면서 느꼈던 감정을 떠올린다. 그러다 어느덧 좀비 아포칼립스가 구곡교 위에서 실현되는 엉뚱한 몽상에 빠져드는 것이다.

여전히 구곡교 위는 사람들로 붐빈다. 만약 여기에 반윤단의 영혼이 있다면, 그리고 그가 여전히 원혼들에게 쫓기는 중이라면 산 사람들로 넘쳐나는 이 구곡교 위는 그에게 좋은 은신처일 것이다.

이렇게 예원 구곡교 위에서 나는 400여 년 전 한 남자의 악몽을 살짝 훔쳐보고, 거기에 나의 즐거운 악몽도 약간 섞어본다. 이제 곧 밤이 되고 예원상성에는 휘황한 조명이 들어올 것이다. 그리고 이 야경을 보기 위해 사람들은 또 모여들고 구곡교를 건널 것이다.

반윤단의 악몽은 이렇듯 화려하게 번성하고 있다.

인간의 입이란
보잘것없습니다

물을 끓인다. 배추와 양배추, 콜리플라워, 당근을 썰어 냄비에 넣는다. 이때 미리 씻어놓은 생강과 깐 마늘도 같이 딸려 들어간다. 그다음 비닐 봉투에 담겨 있던 양파를 조심스럽게 꺼낸다. 이때 나는 나도 모르게 비장한 표정을 짓는 것 같다. 양파를 썰기 시작한다. 눈이 아려온다. 낭패다. 허겁지겁 대충 양파를 냄비에 넣는다. 눈물이 흐르는 한쪽 눈을 질끈 감고 부엌 밖으로 피신해본다. 소용이 없다. 세면대에서 흐르는 물로 눈을 씻어본다. 여전히 소용이 없다. 이제는 콧물까지 흘리기 시작한다. 이번에는 세면대로 돌아가 세수를 한다. 거울을 보니 눈은 이미 빨갛게 충혈되어 있다.

전의(라고 할 것까지는 없지만)를 가다듬은 후 부엌으로 다시 돌아온다. 마트에서 우연히 구한 된장을 듬뿍 퍼서 풀어 넣는다. 마지막으로 오늘의 주인공인 돼지고기 네 덩어리를 팔팔 끓는 냄비 안으로 들여보낸다. 적당히 시간이 지났다고 생각되면 집게로 돼지고기 한 덩어리를 꺼내 도마 위에서 썰어본다. 잘 익었으면 국물과 야채를 넣은 그릇에 한 덩어리를 모두 썰어 넣는다.

어느 날 저녁, 나는 소위 '수육탕'이라고 불릴 만한 이 음식을 만들고 있었다. 이 음식의 완성을 확인하는 마지막 절차는 돼지고기를 썰어서 제대로 삶아졌는지 보는 것이다. 그날도 나는 칼로 고기를 썰어서 고기의 단면을 확인했다. 그런데, 그다음 순간 나는 이런 말을 하고 있었다. 그것도 아주 친절한 말투로.

"너, 거기 좀 더 있다가 나와야겠다."

세상에, 자신이 먹을 음식에 말을 거는 인간이라니. 내가 그렇게 말이 하고 싶었나? 생각해보니 그날은 하루 종일 누구를 만난 적도, 다른 이와 전화나 메신저로 이야기를

어느 언어학자의 문맹 체류기

나눈 적도 없었다. 아무리 그래도 먹을 음식에 말을 걸다니. 고기를 다시 냄비에 넣으면서 나는 스스로도 어이가 없어 실실 웃었다. 그렇게 우두커니 혼자 웃다가 나는 인간의 입에 대해서 생각한다.

★

"인간의 입이란 보잘것없습니다."

내가 언어에 대해 강의를 할 때 학생들에게 하는 말이다. 자, 고개를 돌려 옆에 있는 친구의 입을 보세요. 학생들은 낄낄거리며 친구의 입을 슬쩍 쳐다본다. 그렇게 대충 보지 말고 자세히 보세요. 잘 보고 친구의 입이 어떻게 생겼는지 잘 기억해두세요. 자, 이제 티라노사우루스를 떠올려보세요. 티라노사우루스, 알죠? 직접 보지는 못했겠지만 그림으로 많이 봤을 겁니다. 그럼 티라노사우루스의 입을 머릿속으로 그려보세요. 그렸습니까? 그럼, 이런 상상을 해봅시다. 여러분이 아무런 도구도 없이 맨몸으로 정글에 떨어졌다고 생각해보세요. 그곳에서 무조건 먹을 것을 사냥해서 살아남아야 합니다. 같은 조건으로 티라노사우루스 역시 정글에 보내졌다고 생각해봅시다. 자, 이제 정글 한가운데 떨어진 친구의 입을 다시 한 번 보세요. 어떤가요? 어처구니가 없지 않습니까?

한때 지상의 최강자로 군림했던 티라노사우루스의 생김새는 의외로 단출하다. 거대한 몸통에 거대한 머리 하나. 머리가 거대한 이유는 바로 거대한 뇌가 아닌 거대한 입을 가졌기 때문이다. 앞발이고 뭐고 필요 없다. 먹는 것에 최적화된 입 하나면 충분하다. 이 동물은 그 입으로 백악기의 세계를 지배했다.

이렇게 비교해보면 인간의 입은 참으로 한심한 모양새를 가지고 있다. 어떻게 보면 애처로울 정도다. 대신 인간의 입은 여러 가지 소리를 내는 데 최적화되어 있다. 다른 말로 하면 인간의 입은 '먹는 일'보다는 '말하는 일'을 더 잘하도록 디자인되어 있다는 뜻이다.

'먹기'의 입장에서 인간의 입과 소화기관은 비효율적이다. 그렇기에 이 입이 먹을 수 있도록 만드는 과정과 절차는 매우 복잡해졌다. 대부분의 경우 인간은 자연 상태의 먹이를 그대로 섭취할 수 없기 때문이다. 인간은 '먹이'를 완전히 다른 상태로 변화시켜야만 먹을 수 있다. 그것이 곧 '음식'이다.

가장 간단한 음식이자 故김수환 추기경이 생전에 자신이 찾은 인생의 비의를 담아서 던졌던 농담인 "'삶'은 달걀"을 생각해보자. 살신성인의 마음을 가진 닭이 온천 여행을 가서 온천욕을 하다가 달걀을 낳아 온천물에 담가두면 모를까, 열을 받아서 단단해진 이 흰색과 노란색의 단백질 덩어리는 자연 상태에서는 구할 수 없다. 삶은 계란을 만들기 위해서는 일정한 화력으로 오랜 시간 타는 '불'과 그 불을 견디는 동시에 내용물을 담을 수 있는 용기, 그리고 깨끗한 물이 필요하다.

회도 마찬가지다. 회는 '칼 맛'이니까. 알래스카의 곰들이 연어는 잡아먹을 수 있을지언정 연어회 맛은 모를 것이다.

어떻게 보면 이것은 마법과도 같다. 마법도 마법에 걸린 대상을 전혀 다른 상태의 무엇(그것이 야수든 말하는 주전자든)으로 바꾸는 것이기 때문이다.

빗자루를 타지 않을 때 마녀들이 항상 요리를 하고 있는 것도 이유가 있다. 그들이 가진 마법의 힘은 그 '요리'에서 나온다. 요즘 요리사들이 나오는 예능 프로그램을 사람들이 넋을 놓고 바라보는 것도 다 이런 이유 때문일 것이다.

이런 프로그램을 보고 있으면 요리사들은 마치 전능한 마법사처럼 느껴진다.

그런데 마법으로만 요리가 완성되는 것은 아니다. 요리에 한 가지를 더 첨가하는 것이 필요하다. 그것은 바로 신비한 '주문', 즉 '언어'다.

동화에서 그려지는 마녀들의 모습은 내게 '말'이 '먹는 것'과 얼마나 깊이 관계되어 있는지를 보여주는 상징과도 같다. 오래전 인류가 아직 아프리카에 머물고 있었을 때도 그랬을 것이다. 먹기에는 부적절하지만 '말하는 입'은 인류가 가진 가장 강력한 무기였다. 지금도 아프리카의 한 부족은 화살로 사냥감을 쏜 다음 그 사냥감을 단체로 쫓아간다. 사냥감은 인간보다 월등히 빠른 속도로 도망치지만 영원히 그런 속도로는 달릴 수 없다. 대신 인간은 느리지만 오랫동안 뛸 수 있다. 이 부족은 사냥감이 지쳐 쓰러질 때까지 몇 날 며칠을 그렇게 계속 사냥감을 쫓아간다. 혼자가 아닌 단체로. 단체로 뛰면서 이 부족은 사냥감이 어디로 갔을지, 어떤 상태일지, 어디로 숨었을지를 서로 이야기하고 전략을 세운다. 이들의 무기는 거대한 입이 아니라 두 다리와 말하는 입이다.

어느 언어학자의 문맹 체류기

인간의 먹는 행위에는 이렇게 '말'이 개입된다. 아니 개입되어 있다는 표현은 옳지 않다. 음식 재료를 구하는 것부터 요리 과정 그리고 식탁 앞에 차려져서 특정한 이름으로 불리는 요리가 인간의 입에 들어가기까지(아아, 그 고된 노동의 과정!) 언어는 그 모든 과정에 이미 그리고 완전히 '섞여' 있다. 말은 음식이 되고, 또 음식은 말이 된다.

요컨대 우리는 식사를 할 때 음식뿐만 아니라 언어도 같이 먹는다. 이런 과정에서 인간은 실제로 먹을 수 없는 것까지 언어를 통해서 먹을 수 있게 되었다. 멀리 갈 것도 없다. 우리는 매일 이 사람 저 사람에게 '욕'도 먹고, 그래서 이런 저런 '마음'도 먹는다. 그런 의미에서 '삶은 달걀'이란 농담은 음식과 언어의 묘한 관계를 정확하게 포착해내고 있다.

인간은 '말'과 '음식'으로 자신이 사는 세계를 분류하고 질서를 부여하려 한다. 먹을 수 있는 것과 먹을 수 없는 것, 어떤 것을 먹으려는 사람과 먹는 것을 막으려는 사람, 어떤 것을 먹이려는 사람들과 그것을 먹지 않으려는 사람들. 먹을 수 있는 시간과 먹을 수 없는 시간, 먹을 수 있는 공간과 먹을 수 없는 공간, 나와 같이 음식을 나누는 자와 나와 같이 나누지 않는 자. 같이 음식을 먹고 싶은 자와 먹기 싫은 자 등등. 이런 분류와 명명은 모두 언어로 이루어진다.

　이를테면 내가 어떤 음식을 언제 누구와 먹는가는 그의 정체성과 그가 세계를 어떻게 바라보는지를 드러낸다. 그리고 이는 언어를 비롯한 여러 상징으로 조직된다. 이것을 잘 보여주는 것이 제사와 같은 제의이다. 제의란 결국 자신이 믿는 신이나 자신의 조상과 음식을 나누는 과정이기 때문이다. 얼핏 보면 복잡해 보이지만 제사가 이루어지는 과정은 단순하다. 이거 드십시오. 저것도 드셔보시고. 술도 한 잔 하셔야지요. 많은 종교들이 이런 과정에 언어적 상징과 음악을 섞어 반복하고 반복한다. 이 반복 속에서 어떤 이들은 그들이 꿈꾸는 신성에 다가간다.

　하루키의 소설을 읽다 보면 이상하게 배가 고파지고 맥주가 마시고 싶어지는 이유도 여기에 있다. 하루키의 소설 속에서는 등장인물들이 음식을 만드는 과정과 먹는 과정이 반복되어 묘사된다. 거기에 음악까지 덧붙여서. 하루키 소설을 읽는 사람들은 이러한 반복을 통해 자신도 모르게 소설 속 인물들에게 빠져드는 것이다. 물론 하루키 소설 속 인물 중에 자신이 먹을 음식에 친절하게 말을 건네는 인간은 없다.

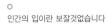

아침 8시에 시작되는 중국 대학의 수업. 학생들은 온갖 음식을 먹으며 내 강의를 듣는다. 중국식 크레페인 전빙으로 시작해서 도넛 스틱 모양의 유탸오, 콩국물인 더우장, 삶은 계란까지. 처음에는 생경하고 당황스러운 광경이었지만 지금은 약간 아빠의 마음 같은 흐뭇한 느낌으로 학생들을 바라본다. 그들이 먹는 음식과 나의 한국어가 잘 섞여서 소화되길 바라면서.

수업을 마치고 돌아오는 점심시간의 거리. 언제나처럼 길에는 줄을 서서 자신의 음식이 나오기를 기다리는 사람으로 가득하다. 학생들이 잘 안 가는, 길가 끝에 있는 허름한 국수집의 풍경도 똑같다. 청소부 복장을 한 아줌마, 식당 건너에서 자전거를 고치는 자전거 노포 주인, 거리에 나오는 쓰레기에서 고철을 뒤져 수거하는 아저씨가 길가에 펼쳐놓은 간이식탁 앞에 웅크리고 앉아 국수를 먹고 있다. 그마저도 자리가 없는 사람들은 아예 서서 국수를 그릇째 들고 먹는다. 불편해 보이는데도 국수를 먹는 사람들은 뭔가 시끄럽게 떠들고 웃고 있다. 그 모습이 살짝 부러워진다. 앉아서 먹든 서서 먹든 그들이 먹는 국수는 그날 하루 한 '점'의 위안일 터이니.

점심은 무엇을 먹을까 고민하다 시장으로 들어가 계란 한 바구니를 산다. 오늘 점심은 달걀을 삶아 먹을 예정이다.

삶은, 달걀이니까.

To Shanghai [verb]

나는 상하이 와이탄外灘경찰서의 조사실에 우두커니
앉아 있다. 조사실은 드라마나 영화에 나오는 이미지 그대
로 어두침침하고 밀폐되어 있는 공간이다. 회색 테이블 위
에는 담배 재떨이 대용으로 쓰이는 물병이 덩그러니 놓여
있다. 여기서 식사도 하는지 음식 냄새가 퀘퀘한 담배 냄새
와 섞여 조사실 벽에서 뿜어져 나온다. 이건 뭐 방송에서 나
오는 이미지와 너무 똑같잖아. 나는 이 조사실이 드라마 속
세트장을 본떠 만들어진 것이 아닐까 하는 의심을 품는다.
범죄를 저지른 사람들이 심문을 받으러 올 때면 아, 여기가
거기구나, 내가 결국 이곳으로 오고야 말았구나, 하는 느낌

을 주기 위해서 말이다.

　　대학생 시절, 화장실이 급한 나머지 다짜고짜 파출소로 뛰어 들어간 적이 있기는 하지만 이런 식으로 경찰서에 오게 된 것은 처음이다. 하기는 그걸 누가 알았겠는가? 며칠 전까지만 해도 나는, 중국에서 경찰차를 타고 이동해 사건 현장을 확인하고, 그것도 모자라 경찰서 조사실에 앉아 있게 되리라고는 꿈에도 상상하지 못했다.

　　이쯤에서 〈투캅스〉라는 옛날 영화에서 본 대로 테이블 위에 머리를 마구 찧으며 피를 좀 흘려야 되는 게 아닐까 하고 생각하던 참에 형사가 들어온다. 깍두기 머리를 한, 피곤에 찌들어 있는 중년 형사를 예상했지만 정작 들어온 건 30대 초반의 모범생처럼 생긴 형사다. 형사는 해리포터처럼 둥근 테 안경을 쓰고 있어서 약간 귀엽기까지 하다.

　　해리포터 형사는 나와 궈(郭, Guo) 선생을 번갈아 쳐다보며 질문을 던진다. 누가 사건 당사자인지 확인하는 질문이다. 나 대신 통역을 위해 와준 궈선생이 말을 시작한다. 형사와 궈선생이 하는 대화를 따라잡으려 노력했지만 별로 들리는 내용은 없다. 들리는 건 그저 형사가 "두이, 두이(그래요, 그래요)" 하며 맞장구치는 말뿐.

조서 작성이 시작된다. 타자기나 노트북으로 조서를 작성하는 줄 알았으나 형사는 종이 몇 장을 들고 손수 귀선생의 말을 받아쓰기 시작한다. 아니, 타자기가 있어야 타자기에 이마를 찧을 수……, 라고 생각하고 있는데 귀선생도 한마디를 한다.

"노트북으로 쓸 줄 알았는데 그냥 종이에 쓰네요."
"그러게요."

형사는 나의 이름을 묻고, 귀선생은 나 대신 '바이白'라고 대답한다. 내 이름 뒤에 무언가를 쓰다 말고 형사가 귀선생에게 말을 건넨다. 이어서 귀선생이 나에게 질문을 한다.

"그게 정확히 언제였죠?"
"아, 그게…… 그저께, 수요일, 한 오후 7시 15분쯤이었죠."

그렇다. 수요일이었다. 나는 다시 수요일의 날씨를 떠올린다. 너무나 화창해서 날씨 한번 지랄맞게 좋다고 욕하고 싶었던 수요일이었다.

[사건 조서]

PM 2:30

드디어 바이는 외출을 하기로 마음을 굳혔다. 거의 3주 만에 하는 외출이었다. 이것은 나름대로 사건이라고 불릴 수 있는데, (형사인 나의 촉과 관찰에 의하면) 바이의 몸속에 은둔형 외톨이의 피가 흐르고 있기 때문이다. 그는 방에 뿌리를 내린 식물처럼 살 수 있다. 몇 년 동안 외부와 격리된 채 살아야 하는 화성 모의 탐사 훈련도 거뜬히 해낼 그런 인간인 셈이다. 그런 그가 외출을 하기로 한 것이다.

너무도 완벽한 날씨 때문이었다. 바람은 기분 좋게 따뜻했고, 미세먼지도 거의 없는 맑은 날씨였다. 마침 바이는 《상하이 모던》이라는 책을 읽고 있었다. 와이탄을 중심으로 전개되는 상하이의 근대를 읽다가 바이는 무심코 바깥 풍경을 쳐다보았다. 문득 바이는 불쑥 쨍한 하늘 아래 서 있는 와이탄의 근대 건축물들이 보고 싶어졌다.

어떻게 보면, 바이가 이 사건의 당사자가 된 것은 날씨 때문이라고도 할 수 있다.

어느 언어학자의 문맹 체류기

바이는 상하이 지하철 난징둥루南京東路역 2번 출구로 나왔
다. 그는 와이탄으로 곧바로 가지 않고 와이탄 뒷골목을 따
라 걷기로 결정한다. 일행이 있다면 결코 같이 걷지 않을
길이었고, 시간에 쫓기는 관광객들이라면 더더욱 가지 않
을 길이었다. 바이는 아무런 목적 없이 길을 느리게 헤매는,
이 완벽하게 비효율적인 행위가 주는 즐거움에 잔뜩 취해
있었다.

PM 5:10

뒷골목을 걸어 올라가던 바이는 황푸강과 연결된 쑤저우허
강을 발견한다. 바이는 쑤저우허강 너머 상하이우편박물관
에 들어가보려 했지만 이미 관람 시간이 지난 뒤였다. 그는
황푸강과 쑤저우허강이 만나는 지점에 있는 다리가 와이탄
의 시작인 와이바이두차오外白度橋라는 걸 깨닫고 다리 쪽으
로 걸음을 옮긴다.

와이바이두차오. 스필버그의 영화 〈태양의 제국〉에서 주인
공 소년이 탄 차가 건너는 바로 그 다리였다. 이 다리를 지나
면 과거와 현재와 미래가 마구 뒤섞인 풍경을 자아내는 와이
탄이 펼쳐질 것이다. '하늘에 닿는 건물'이라는 뜻의 마천루

가 즐비한 와이탄이라는 공간은 그 탄생 시점부터 압도적인 높이와 규모, 화려함으로 중국인들을 서구에 대한 환상으로 유도하도록 기획된 것이었다. 바이도 예외가 아니어서 다른 중력이 적용되는 이 공간에서 그는 일상과 다른 행동과 감정에 빠지게 된다.

바이는 이 다리 근처에서 아인슈타인과 버트런드 러셀이 묵었다는 상하의 최초의 호텔 '애스터 하우스'를 살펴보고, 러시아영사관 뒤에 있는 전망대 공원을 발견한다. 바이는 6시 10분까지 이 공원에서 머문다.

황푸강 건너편 초고층 빌딩들의 모습과 다리 건너 와이탄의 모습이 한눈에 들어오는 이 전망대 공원에서 바이의 들뜬 감정은 최고조에 이른다. 이러한 감정은 여행의 특권이다. 하지만, 이런 감정은 위기의 순간에 필요한 정확한 관찰을 막는 역효과를 내기도 한다. 결국 바이는 이 감정 때문에 치명적인 상황에 처하게 된다.

PM 6:10

바이는 와이바이두차오를 건너 와이탄의 근대 건축물을 하나씩 사진에 담기 시작했다. 이때 핸드폰 배터리는 50퍼센트 정도밖에 남아 있지 않은 상태였다. 그러나 그는 나비를 채

집하는 곤충학자와 같은 열정을 잃지 않았다. 바이는 와이탄의 건물들을 찍으며 천천히 거리를 내려갔다. 나중에 사진을 보며 20세기 초 해가 지는 제국 영국이 만들어낸 신고전주의 양식과 새로운 제국 미국의 아르데코 양식의 충돌이 어떤 효과를 내는지 살펴볼 참이었다.

여행객 중 와이탄의 건축물을 구경하는 이가 바이 혼자였다는 점을 기억할 필요가 있겠다. 저녁 시간에 와이탄을 찾는 사람들은 와이탄의 근대 건축물을 보러 온 이들이 아니다. 사람들은 전망대 공원길인 '와이마루'에 올라 화려한 조명으로 번쩍거리는 푸둥지구의 초고층 건물을 감상한다. 와이마루에서 푸둥의 풍경을 감상하는 사람들에게 근대 건축물은 푸둥의 건물들을 더 돋보이게 하는 배경일 뿐이다.

그리고 또 하나 기억해둘 점. 그는 그 많은 관광객 중 유일하게 일행 없이 홀로 돌아다니는 남자였다. 와이탄의 건물을 혼자 돌아다니면서 구경하는 바이의 모습은 무리에서 이탈한 가젤과도 같았을 것이다. 사바나에서 무리에서 떨어져 있는 가젤은 먹기 좋은 사냥감이다. 준비할 것은 그저 상을 차리는 일뿐.

PM 7:05

바이는 황푸강을 건너가는 페리가 있는 진링동루 선착장 근처에서 마지막 건물 촬영을 끝낸다. 이때 핸드폰 배터리 잔량은 고작 10퍼센트. 배터리 잔량을 확인한 바이는 그제야 허기를 느끼고 집으로 돌아가기로 한다. 배가 고팠지만 그는 여전히 들떠 있었다. 나름 완벽한 날씨에, 완벽한 헤매기였기 때문이다.

PM 7:15

전망대 공원길인 와이마루를 빠져나오는 순간 바이에게 한 50대 여성이 중국어로 길을 물어온다. 세련되지만 정갈한 스타일의 옷을 입은 선한 얼굴의 표본 같은 중년 여성이었다. 중년 여성의 옆에는 20대로 보이는 여자가 같이 서 있었다. 역시 세련된 스타일에 꽤나 미인이었다. 이때 바이는 두 사람의 관계가 모녀일 것이며, 옷차림으로 보아 여행객일 것이라고 추측한다.

바이는 중국어로 자신이 중국인이 아닌 한국인이라고 대답했다. 중년 여자는 엄마 미소를 지으며 계속 중국어로 뭔가를 물었고, 바이는 중국어를 못한다고 말했다. 이후 중년 여성은 중국어와 영어를 섞어가며 자신을 소개했다. 중년 여성은 자신이 '라오스(老师, 선생님)', 정확히는 유치원 선생님이며, 20대 여자는 자기 친구의 딸이자 자신이 가르쳤던 제자라고 소개했다. 그들의 말에 따르면 유치원 선생은 제자가 있는 상하이로 며칠 여행을 왔고, 상하이 소재 의류 회사의 디자이너인 젊은 여자는 유치원 선생을 위해 휴가를 낸 상태였다.

바이는 이때 몇 가지 추론을 바탕으로 두 여성에 대한 경계를 해제한다.

첫 번째 추론은 '라오스'라는 말을 듣는 순간 이루어졌다. '선생님' 집단에 대한 기존의 관찰을 바탕으로 바이는 선생님이라는 직업을 가진 이들은 대체로 믿을 만하다, 따라서 이 여성도 믿을 수 있다는 귀납법적 결론을 내린다. 더 나아가 라오스라는 말은 바이에게 아는 이 하나 없는 상하이 한가운데서 누군가 아는 사람을 만난 듯한 효과를 냈다. 어찌 되었건 넓게 보면 동종 업계에 있는 사람 아닌가?

두 번째 추론은 바이가 20대 여자에게서 "You're quite good at English"라는 말을 들었을 때 이루어졌다. 바이는 중국에서는 영어가 거의 안 통한다는 사실, 심지어 대학생들이 아르바이트를 하는 대학가의 가게에서도 영어가 안 통한다는 사실을 경험으로 알고 있었다. 이러한 경험을 바탕으로 바이는 영어를 꽤 유창하게 구사하는 사람, 더구나 관용구를 이용해서 자연스럽게 구사하는 사람은 상당 수준의 교육을 받은 사람일 것이라고 추측했다. 중년 여자는 바이와 말을 하다가 막히면 20대 여자에게 통역을 부탁했는데, 그런 통역도 20대 여자는 손쉽게 해냈다.

세 번째 추론은 빈약한 근거에 기반한 것이다. 중년 여성은 계속해서 되는 영어, 안 되는 영어를 총동원해 바이에게 질문 공세를 해댔다. 마치 외국인에게 영어를 사용할 기회를 얻은 김에 자신이 아는 영어를 모두 다 사용해보겠다는 투였다. 그런 모습을 보면서 바이는 같은 숙소에 사는 젊은 러시아 남자 선생을 떠올렸다. 숙소에서 마주치면 간단한 눈인사나 인사말만 하고 지나치는 다른 외국인 교수와 달리 이 러시아 선생은 만나기만 하면 너무 부담스럽다 싶을 정도로 반가워하며 말을 거는 유별난 사람이었다. 영어로 계속 말을 걸어대는 모습을 보면서, 바이는 이 중년 여성도 그 러시아 남자와 같은 과의 사람이며 좀 유별나기는 하지만 나쁜 사람은 아닐 것이라고 단정해버렸다.

네 번째 추론은 추론이라고 하기도 뭣한 내용이다. 바이는 많은 여행 책에서 여행의 기적에 대해 읽었다. 여행을 하다

위기에 빠졌을 때 조건 없이 도움을 내미는 사람들, 우연히 만났지만 서로를 환대하는 여행객들, 언어의 장벽을 뛰어넘어서 인간과 인간이 만들어내는 놀랍고 새로운 경험들. 바이는 이 만남이 바로 그런 결정적 순간으로 가는 입구가 아닐까 하는 추측을 했다.

중년 여자는 바이에게 더 이야기를 나누고 싶은데 아쉽다며, 시간이 되면 커피나 한 잔 하자고 제안했다. 바이가 잠시 머뭇거리다 이내 그 제안을 따른 이유는 위의 네 가지 추론, 특히 마지막의 추론이 큰 역할을 했다.

PM 7:20

중년 여자는 바이에게 근처에 잘 아는 커피숍이나 식당이 있는지 물었다. 바이는 당연히 모른다고 대답을 했다. 중년 여자는 같이 가자며 바이를 이끌었다. 그런데 엉터리 영어로 말을 걸던 중년 여자는 길을 걸으며 바이에게 빠른 중국어로 계속 질문을 해댔다. 바이가 모른다는 말만 반복하자, 중년 여자는 성큼성큼 앞장서서 걷기 시작했다. 바이는 갑자기 중국어로 질문을 하는 중년 여자가 이상하게 느껴졌다고 진술했다.

PM 7:30

두 여자는 와이탄 대로변에서 가까운 한 커피숍 겸 와인바의 문을 열고 들어갔다. 1층에 있는 테이블이 비어 있었음에도 중년 여자는 거침없이 2층으로 바이를 이끌었다. 1층에는 사장으로 보이는 남자와 그의 친구처럼 보이는 남자가 있었다. 둘 다 체중이 100킬로그램에 가까울 것 같은 건장한 체격을 가지고 있었다. 2층으로 올라가 자리에 앉을 때 바이는 또 한 번 이상함을 느낀다. 젊은 여자가 중년 여자 옆에 같이 앉지 않고 바이의 옆자리에 앉은 것이다. 바이는 남자든 여자든 처음 만난 사람 사이에 일정한 공간적 거리를 두고 서로의 영역을 침범하지 않는 것이 얼마나 중요한지를 알고 있었지만, 그냥 우연일 뿐이라고 결론을 내리고 만다.

이윽고 메뉴판이 올라왔다. 바이는 메뉴판을 펼쳐 자신이 마실 아메리카노의 가격만 확인했다. 50위안이었다. 상당히 비싼 가격이기는 했지만 바이는 관광지라 그럴 수 있다고 생각하고 그냥 대수롭지 않게 넘긴다. 두 여자는 건전하게 콜라를 주문한다.

PM 7:35

당황스러운 일이 발생한다. 이야기를 하던 중년 여자가 잠

어느 언어학자의 문맹 체류기

시 1층을 다녀온 후, 사장이 와인 석 잔과 화채 안주를 가지고 올라온 것이다. 바이는 당황했지만 중년 여자가 어지간히 기분이 좋은가보다고 생각하고 만다. 이 상황에서 바이는 두 개의 또 다른 추론을 한다. 이렇게 큰 관광지의 대로변에 있는 번듯한 가게에서 이상한 장난을 할 일이 없다고 판단한 것이다. 또 다른 추론은 이 와인의 값을 중년 여자가 치르리라는 것이었다.

아무튼 커피와 콜라와 와인을 동시에 마시는 이상한 상황이 만들어졌다. 중년 여자가 건배를 제의했다. 바이는 와인 잔에 와인이 3분 1도 안 채워져 있었으며, 맛은 매우 텁텁했다고 진술했다.

중년 여자는 바이에게 이름을 물었다. 바이는 자신의 이름이 '白'이라고 가르쳐줬다. 바이도 중년 여자에게 이름을 물었다.

"왓츄여 네임?"

"마이 네임? 마이 네임…… 시크릿."

"왓?"

"오케이, 마이 네임 이이즈으…… 애플."

"왓? 니더 밍쯔 '핀궈' 마?(당신 이름이 '사과'라구요?)"

"스(그래요)."

이때 처음으로 바이의 뇌 속 파충류의 뇌가 깜빡거리기 시작했다. 비유적으로 보면, 사람의 뇌는 파충류의 뇌(뇌간)-포유류의 뇌(변연계)-인간의 뇌(전두엽) 삼층 구조로 이루어져 있는데, 이 중 파충류의 뇌는 싸울 것인가 또는 도망칠 것인가를 결정한다. 그런데 바이의 파충류 뇌가 깜빡거리기 시작한 것이다. 이 신호는 곧바로 포유류의 뇌인 변연계와 인간의 뇌인 전두엽으로 올라갔다. 그러나 바이의 인간의 뇌는 아직 도망칠 때는 아니라고 판단했다. 뭔가 결정적인 증거가 필요했다.

화제는 '핀궈'가 방문한 상하이의 여행지로 옮겨갔다. 그러나 핀궈의 횡설수설 영어는 이해하기 힘들었고, 바이가 여행지를 추천해줄 때 핀궈는 뭔가 따분한 표정을 지었다. 처음 만났을 때 적극적으로 통역을 하던 젊은 여자는 계속 자기 스마트폰만 만지작거리고 있었다.

PM 7:45

여자들의 와인 잔은 이미 비어 있었다. 바이는 이제 그만 일어나야겠다고 말했다. 그러자 핀궈는 한 잔만 더 하고 가자며 금세 내려가 와인을 주문했다. 말릴 사이도 없이 두 번째 와인이 올라왔다.

이번에는 젊은 여자가 스마트폰으로 한 남자의 사진을 보여주며 이 사람을 아는지 물어보았다. 한국에서 요즘 사이비 교회로 유명세를 타고 있는 종교 단체의 교주였다. 젊은 여자는 자기는 크리스천인데 친구의 꾐에 빠져서 3개월 동안 그 단체에 들어갔다가 빠져나왔다고 이야기했다. 한국을 정말 잘 아는 친구구나, 라고 생각하고 있을 때, 바이의 파충류 뇌에서 또 불이 켜졌다. 이야기를 하는 와중에 젊은 여자가 바이의 팔을 계속 툭툭 만졌기 때문이었다. 성인이 된 이후의 대부분의 삶을 여초 지역에서 산 바이의 경험으로 보면 이런 일은 도무지 발생할 수 없는 일이었다. 바이의 변연계와 전두엽이 파충류의 뇌에서 보내온 신호를 바탕으로 '도망쳐'라는 결론을 내리려 하고 있었다.

그때 핀뒤가 다시 가족에 대한 이야기로 화제를 돌렸다. 바이는 가족사진을 보여주면서 가족과 함께했던 상하이 여행을 얘기했다. 바이 나름대로는 나, 가족이 있는 남자다, 그러니 이상한 방향으로 몰지 마라, 라는 메시지를 보내는 방어책이었다. 그러나 그 와중에도 젊은 여자는 계속 툭툭 바이의 팔을 만졌다. 결론이 점점 명확해졌고 이를 보강해줄 증거가 필요했다. 바이는 유치원 선생인 핀뒤에게 지금 가르치는 아이들과 같이 찍은 사진이 있으면 보여달라고 했다. 바이의 말이 떨어지자마자 핀귀는 "No"라고 답했다. 결정적인 대답이었다. 다시 한 번 바이가 일어나야겠다고 했을 때, 이번에는 젊은 여자가 한 잔만 더 하자고 하면서 큰 소리로 와인을 주문했다.

PM 7:55

미리 준비했다는 듯 세 번째 와인이 올라왔다. 핀귀는 젊은 여자를 가리키며 바이에게 갑자기 엉뚱한 소리를 꺼내놓기 시작했다.

"유, 노우 와이프 히어. 유 캔 미트 허, 시크릿."

그 말을 듣는 순간, 바이는 잠시나마 여행지에서의 마법 같은 환대와 우정을 기대했던 자기 자신에게 저주를 퍼부었다. 핀귀와 젊은 여자는 어느새 세 번째 와인도 비워냈다. 젊은 여자가 뜬금없이 음악을 좋아하냐고 묻더니 같이 음악을 들으러 가자며 일어나 춤추기 시작했다. 두 여자는 한 잔만 더 하자며 계속 졸랐고, 바이는 정말 가야 한다고 이야기했다. 결국 바이가 일어나서 나가는 시늉을 하자, 그제야 젊은 여자가 '마이단!(계산서)'을 불렀다.

사장은 망설임 없이 계산서를 곧바로 바이에게 내밀었다. 계산서를 확인한 순간 바이의 뇌 속에서 파충류의 뇌, 포유류의 뇌, 인간의 뇌 할 것 없이 계속해서 불이 번쩍였다. 계산서에는 2810위안이라는 숫자가 찍혀 있었다. 한국 돈으로 거의 50만 원이 나온 것이었다. 바이는 280위안이 잘못 찍힌 게 아닌지 의심했다. 바이는 사장에게 메뉴판에서 우리가 마신 와인이 무엇인지 보여달라고 했다. 사장이 보여준 메뉴판에 와인 한 잔의 가격은 280위안, 한국 돈으로 거의 5만 원이었다. 고개를 들어 여자들을 보았다. 핀귀는 고개를 완전히 돌린 채 철저히 외면하고 있었고, 젊은 여자는 아무렇지도 않은 표정으로 스마트폰을 뚫어져라 들여다보고 있었다. 그제야 왜 핀귀가 자신을 2층으로 바로 끌고 올라왔는지, 1층에는 왜 몸무게가 0.1톤 가까이 될 것 같은 남자 두 명이 있었는지 이해가 됐다. 거의 완벽했던 하루가 완벽한 악몽으로 변하는 순간이었다. 이때 핸드폰의 배터리량은 2퍼센트. 전화로 중국의 지인들에게 도움을 청하기도 힘든 상황이었다.

PM 8:03

삼층 구조로 이루어진 바이의 뇌에서는 부지런히 신호가 오르락내리락하고 있었다. 처음에는 파충류의 뇌가 가장 강력하게 불빛을 내보냈다. 분노가 끓어올랐지만 싸우는 것도 도망치는 것도 불가능한 상황이었다. 더군다나 핸드폰은 거의 방전 직전이었다. 정말 잘못될 경우 도움을 청하는 것도 불가능해질 판이었다. 가게에서 나오는 것이 안전을 확보하는 최선의 방법이었지만, 그 가격을 다 치르고 나올 수도 없었다. 순간, 전두엽에서 신호를 하나 보냈다. 그 신호는 바로 초등학교 산수 시간에 배웠던 '분수'였다.

바이는 사장 앞에서 계산기를 두드려 자신이 3분의 1을 내고 나머지는 여자들이 낼 거라고 말했다. 사장이 알겠다고 대답했다. 여자들이 돈을 내달라며 계속 우는 소리를 했지만 바이는 계산서의 3분의 1을 계산하고 가게를 나와 뒤도 돌아보지 않고 걸었다.

PM 8:05

지하철역으로 향하던 바이는 다시 발걸음을 돌려 가게로 돌아갔다. 밖에서 가게 사진을 찍은 후 안으로 들어갔을 때, 여자들과 건장한 남자는 사라지고 없었다. 바이는 사장에게 메뉴판 사진을 찍어도 되는지 물었다. 사장은 그게 별 대수냐는 듯 찍으라고 했다. 사진을 찍은 후 바이는 사장에게 여자

들이 돈을 냈는지 물었다. 사장은 천연덕스럽게 대답했다.

"예스."

***

형사가 만약 해리포터와 같은 마법을 쓸 수 있다면 나의 머릿속을 읽어 이런 내용의 조서를 썼을 것이다. 그러나 형사에게 나는 여자들을 아무 생각 없이 따라간 어리숙한 한국 남자일 뿐이다. 그리고 이 사건은 여자한테 홀려서 따라갔다가 사기를 당한 어리석은 남자의 이야기로 간편하게 포장되어 유통될 것이다.

어찌 되었건 형사는 석 장 가까이 조서를 꼼꼼하게 채워나갔다. 형사는 귀선생에게 뭔가 말을 건넨다.

"예전에는 감금해놓고 돈을 줄 때까지 때리는 경우도 있었답니다. 경찰들이 단속을 하기는 하는데 신종 사기 기법들이 계속 나오고 있다네요. 더구나 요즘에는 노련하게 경찰에서 사기인지 아닌지 법적으로 판단하기 애매할 정도로만 사람들 등을 친다고……. 이 가게 메뉴판도 다 관련 행정부서에서 허가를 받은 거라 처벌이 힘들 수도 있대요. 다음부터 다른 지역에 가실 때도 조심하시랍니다."

이렇게 큰 대도시에서 사기라니. 그날 일이 있기 전까지 나는 상하이에서 이런 사기 범죄가 기승한다는 말은 들어본 적이 없었다. 사건 이후 집에 돌아와 인터넷 검색창에 '상하이', '사기'라는 키워드를 쳐 넣은 후에야 나와 같은 이들이 많았다는 것을 알 수 있었다. 돌이켜보니 두 여자는 우연히 나에게 길을 물어본 것이 아니라 혼자 다니는 나를 주시한 후 접근한 것이었다. 카페로 가는 길에 핀궈가 나에게 중국어로 계속 뭔가를 물어본 것도 나를 속이기 전에 나의 중국어 실력을 가늠해본 것이었고.

유치원 교사와 그 제자로 가장한 것도, 젊은 여자가 자신의 신앙 경험을 털어놓은 것도 모두 내가 어떤 귀납적 추론을 할 것인지를 파악하고 만든 각본이었다. 나는 내 경험을 바탕으로 백조는 모두 하얗다고 믿었다. 하지만 그 두 여자는 검은 백조, 블랙 스완Black swan이었던 것이다. 이 모든 과정을 재구성하면서 나는 나도 모르게 이렇게 중얼거렸다.

"훌륭한데."

조서에 기록된 내용이 사실임을 확인하는 사인을 한 후, 귀선생과 나는 경찰서를 나왔다. 이것도 추억인데 경찰서 앞에서 포즈를 잡고 사진을 찍어보라는 귀선생의 말에 나는 손사래를 쳤다.

다시 집. 나는 마지못해 읽다가 만《상하이 모던》을 다시 편다. 그러다 이 책의 33쪽에서 다음 내용을 발견한다.

"……그것은 상하이의 매력과 신비함을 영원한 것으로 만들기도 했지만, 한편으로는 이 도시의 이름을 영어에서 나쁜 의미를 가진 동사로 만들기도 하였다.《웹스터 사전》에 따르면 동사 '상하이하다to shanghai'는 '아편으로 인해 마비되어, 인력을 구하는 배에 팔려버리다'를 의미하거나 '사기와 폭력으로 한바탕 싸움을 일으키다'라는 뜻으로 쓰인다."

이 사건으로 인해 불신 지옥에 빠진 나는 네이버 어학사전에서 다시 'shanghai'를 찾아본다.

어느 언어학자의 문맹 체류기

shanghai [ʃæŋˈhaɪ]

[동사] shang·hai·ing / —ˈhaIIN / , shang·haied , shang·haied /
—ˈhald / ~ sb (into doing sth)

(구식, 비격식) (어떤 일을) 속여서 하게 하다 [강제로 시키다]

아, 이런……

미로와 미궁의 세계사

1981년, 제주

　제주시의 한 골목. 한 아이가 같은 길을 한참 동안이나 왔다 갔다 하고 있다. 처음에는 자신감으로 가득했던 아이의 얼굴에는 서서히 두려움이 깃들기 시작한다. 아이는 조금 전까지 분명 자신이 안다고 생각하는 길을 당당하게 걷고 있었다. 그런데 갑자기 모르는 공간에 갇혀버린 것이다. 만약 아이가 '귀신이 곡할 노릇'이라는 표현을 알았다면 그 말을 썼을 것이다. 모르는 중년 남자가 아이를 보더니 귀엽다는 표정을 지으며 아이의 머리를 쓱 쓰다듬고 지나간다.

중년 남자가 사라진 골목 저편은 아이가 전혀 모르는 곳이다. 그곳으로 가면 분명 길을 잃을 것이다. 욕설을 알면 좋았겠지만 아이가 알고 있는 욕은 없다. 대신 두려움과 후회가 아이의 마음을 뒤흔든다. 아이는 다시 한 번 자신이 들어왔다고 기억하는 골목 입구 쪽으로 뛰어가본다. 그러나 역시 입구는 사라지고 없다. 그저 막다른 길이다.

아이는 무사히 집으로 돌아갈 수 있을까?

기원전 3500년경, 지중해 크레타의 미궁

괴물은 횃불을 들어 청동 거울을 비춘다. 일그러진 황소의 얼굴이 거울 속에서 어른거린다. 차라리 내가 온전한 황소였다면. 도살당할 운명이지만 차라리 그게 더 낫지 않았을까? 익숙하지만 여전히 낯선 그 얼굴을 보면서 괴물은 중얼거린다. 괴물의 바람과 달리 괴물은 황소의 얼굴에 인간의 몸을 하고 있다. 괴물은 자신이 누구인지 알지만 자신의 얼굴과 몸 사이의 모순을 설명하지 못한다. 괴물은 자신이 기거하는 방을 알지만 매일 무한히 번식하는 것 같은 방과 복도에 대해서는 설명하지 못한다.

어느 언어학자의 문맹 체류기

어렸을 적 자신에게 장난감을 만들어주던 다이달로스의 꾐에 빠져 이곳에 들어온 지 27년째다. 9년마다 괴물의 먹잇감인 제물들을 들여보냈으니, 괴물은 이제 곧 주린 배를 채울 수 있을 것이다. 그러나 괴물은 배고픔을 해결하기보다는 뭔가 이야기를 하고 싶었다. 그래서 괴물은 소년 소녀들을 마주할 때마다 말을 걸었으나, 제물들은 괴물의 이야기를 듣기도 전에 비명을 지르며 정신을 잃었다.

멀리서 길을 잃은 제물들이 흐느끼는 소리가 들려온다. 미궁으로 들어온 제물들은 사력을 다해 도망칠 터이지만, 결국 괴물을 만나게 될 것이다.

기원후 8년, 로마

로마의 시인 오비디우스는 황소의 얼굴에 인간의 몸을 한 아이에 대해 쓰고 있다. 평생 연애시를 쓰던 오비디우스는 어쩐 일인지 아우구스투스 황제의 미움을 샀고, 그래서 그리스 신들과 괴물들의 이야기를 써서 황제의 마음을 바꾸려 한다. 그가 지금 쓰고 있는 아이는 지중해 크레타 섬에서 태어난 미노타우로스. 부정한 왕비를 어머니로 둔 이 아이는 왕궁의 수치였고, 아이의 (의붓) 아버지 미노스 왕은 다이달로스(그 유명한 이카루스의 아버지)라는 장인에게 명해 그 유명한 미궁을 만들어 아이를 가두어버렸다. 그리고 9년마다 아테네로부터 열네 명의 소년 소녀를 공물로 바치게 했고, 미궁 속으로 들어간 소년 소녀들은 미궁 속을 헤매다 미노타우로스의 먹잇감이 되었다. 그러나 세 번째 공물로 바쳐진 제물들 속에 섞여 들어간 영웅 테세우스는 크레타의 공주 아리아드네가 입구에 실을 묶어준 덕분에 미노타우로스를 해치우고 무사히 실을 따라 미궁을 빠져나온다.

이 이야기를 듣다 보면 누구나 미궁의 구조를 상상하게 된다. 오비디우스에 따르면 이 미궁은 "통로를 분간하는 표지가 될 만한 것은 모두 뒤헝클어버리고, 수많은 우회로와 굴곡으로 사람들의 눈을 홀리는"[1] 곳이었다. 이런 미궁 속에 갇힌 인간의 공포를 구경하는 것은 너무나 매력적이어서 수많은 작가와 건축가는 스스로 다이달로스가 되어 자신의 책과 영화, 건축물을 미궁으로 만들고 그 미궁에 자신의 피조물들을 집어넣었다.

이런 다이달로스들이 만든 작품은 어느 시대에나 있었

---

1 《변신 이야기 1》, 오비디우스 지음, 이윤기 옮김, 민음사, 340쪽에서 인용

지만 1933년 상하이에도 있었다.

2017년, 상하이

상하이 지하철 10호선 하이룬루海伦路站역을 나와 후줄근한 내복 빨래가 걸려 있는 서민 주택가 스쿠먼石庫門 사이를 10분 정도 헤매다 보면 유럽식 건물의 외양을 한 낡은 공장 하나를 만나게 된다. 1933년에 지어진 이 건물의 이름은 '늙은老' '공장場坊'이다. 그러나 그 이름과는 어울리지 않게 이 건물에서 제일 먼저 눈에 띄는 것은 통유리 너머 크로스핏짐Crossfit Gym에서 멋진 몸매의 남녀들이 운동을 하고 있는 모습이다. 바로 옆 스타벅스에서는 사람들이 한가롭게 커피를 마시고 있다. 1층 입구로 들어가면 걸어오면서 봤던 늘어진 내복에 대한 기억을 한 방에 날려버릴 고급스럽고 아름다운 인테리어를 한 갤러리와 레스토랑들이 시선을 끈다. 건물 내부에서는 소위 인생 사진을 건지려는 젊은 남녀들이 무거운 카메라를 들고 서성거린다.

사각형 모양의 공장은 내부에 또 하나의 구조물인 원형 건물을 숨기고 있다. 각 층은 완만한 경사로와 계단으로 연결되어 있고, 건물의 외부와 내부인 원형 건물은 26개의 다리로 연결되어 있다. 5층밖에 되지 않지만 이 건물에 들어오는 사람들은 모두 길을 잃어버린다. 만약 이 건물 안에서 일행과 헤어진다면 전화로도 서로를 찾는 것은 거의 불가능하다. 자신이 어디에 있는지 설명하는 것이 어렵기 때문이다. 이 건물을 찾은 지 세 번째이지만 나는 또 길을 잃었고, 전에 보지 못한 새로운 공간들을 발견했다. 올라가는 계단이 곧 내려가는 계단이 되고, 유한하지만 무한하고, 어디론가 가는 것 같지만 결국 원점으로 돌아오는 에셔Escher의 그림을 현실화해놓은 것 같은 이 건물은, 그 자체로 혼돈이다. 그리고 사람들은 기꺼이 그 매혹적인 혼돈 속에서 길을 잃고자 이 건물을 찾는다.

"여기는 도살장이었습니다."

두 번째로 이 건물을 찾았을 때 나는 넌지시 이 말을 같이 온 일행에게 전했다. 굳이 고개를 돌리지 않아도 일행들의 표정이 보이는 듯했다. 일행들의 머릿속은 설명할 수 없는 것과 마주쳤을 때처럼 복잡해졌을 것이다. 하늘에 흩뿌려진 별들 사이에서도 사자니 전갈이니 하며 구체적인

형상들을 찾아내 이야기를 만들어내는 것이 인간의 본성이기에, 사람들은 자신이 걷는 거리와 건물에서도 이야기를 '읽어내려' 한다. 그러나 눈앞에 보이는 건물의 화려한 이미지와 '도살장'이라는 단어가 충돌하는 순간 (거기에 1933년이라는 시간이 더해지면) 라오창팡老场坊이라는 건물은 읽어내기 힘든 복잡한 텍스트가 된다. 내가 세 번이나 이 건물을 찾은 것도 어떻게든 이 건물을 읽어보고 싶은 심정 때문이었다.

영국의 건축가에 의해 설계되어 1933년에 지어진 이 건물은 한때 아시아 최대의 도살장이었다. 늙은 공장의 생산품은 다름 아닌 '죽음'이었던 것이다. 소들은 감옥문처럼 보이는 네 개의 문 안에서 기다리고 있다가 경사로를 따라 만들어진 우도牛道로 걸어 올라갔다. 미끄러지는 것을 막기 위해 긴 홈이 파인 그 길 위로 올라간 소는 꾸역꾸역 뒤에서 밀고 올라오는 다른 소들에게 밀려 죽음이 기다리고 있는 다리를 건넜다. 라오창팡이 가지고 있는 구불구불 복잡한 구조는 소떼들의 정체를 막기 위해 치밀하게 계산된 것이었다.

건물 1층에 있는 안내문에서는 사각형으로 된 외부 건물이 땅을, 원형인 내부 건물은 하늘을 상징한다며, 1933년에 지어진 라오창팡이 중국 사상을 반영하여 만들어졌다고 설명하고 있다. 그러나 눈썰미 좋은 이들은 이 건물이 효율적인 감시를 위해 탄생한 근대의 감옥 판옵티콘Panopticon의 또 다른 버전이라는 것을 깨달을 것이다. 일반적인 판옵티콘과 다른 점이라면 감시탑이 여러 개의 다리로 감옥과 연결되어 있고, 탑 안에서는 감시가 아닌 도살이 이루어진다는 점이다. 이렇게 보면 라오창팡의 구조는 미궁으로 상징되는 고대와 판옵티콘이라는 기계적 근대의 만남, 아니면 잘 정리된 혼돈이라고 설명할 수 있다.

미로와 미궁이라는 말이 비슷하게 쓰이기는 하지만, 리베카 솔닛 같은 이들이 지적하듯이 이 둘은 조금 다른 개념이다. 간단히 말해 미로maze는 '헤매기' 위해 만들어지고 미궁labyrinth은 '빠지게' 하기 위해 만들어진 것이다. 길을 잃고 헤매고 있는 것 같아도 미궁은 그 안에 들어온 이들을 결국 목적지로 정확하게 인도한다. 그런 점에서 라오창팡이 도살장으로 쓰이던 시절, 소들이 걷던 길은 그들을 죽음으로 정확하게 인도하는 미궁이었던 셈이다. 미궁의 종착점에는 미노타우로스가 아닌 인간이 기다리고 있다는 점이 다르긴 하지만.

그리고 지금 라오창팡의 우도와 계단 위를 헤매는 이

들은 웨딩 촬영을 하는 신혼부부들과 사진 찍기를 핑계로 연애를 시작하는 남녀들이다. 이들에게 라오창팡은 미궁이 아닌 미로이다. 이들은 길을 잃는 묘한 흥분을 상대방에 대한 매력으로 착각하면서 자신들의 미래를 만들어내고 있다. 1933년의 라오창팡이 삶을 '끝'내는 미궁이었다면, 2017년의 라오창팡은 어떻게 전개될지 모를 새로운 삶을 낳는 미로이다.

1933년, 상하이

1842년, 치욕적인 난징조약이 맺어진 이후 상하이는 외국인들의 치외법권을 보장하는 조계지가 되었다. 아이러니하게도 이 치욕의 땅은 훗날 많은 중국인의 피난처가 되어준다. 20세기, 청나라가 해체되면서 중국 대륙이 구원자를 자처하는 군벌들의 싸움터가 되자, 수많은 중국인은 그 전화를 피해 상대적으로 안전과 자유가 보장된 이 땅으로 몰려들었다. 이렇게 상하이로 흘러온 사람들 중 어떤 이들은 마약 왕이 되고, 어떤 이들은 모여 중국 공산당을 만들었다.

사람과 돈이 몰려드는 상하이는 20세기 초 세계에서 세 번째로 큰 금융 도시로 발전하게 된다. 상하이를 노리는 일본 제국이 1932년에 사변을 일으켜 어수선하기는 했지만, 1933년의 상하이는 여전히 전성기의 발전을 구가하는 도시였다. 그리고 이 도시에는 도시민들이 필요로 하는 고기를 공급할 거대한 도살장이 필요했다. 말하자면 아시아 최대의 도살장 라오창팡은 번영의 증거였다.

　　라오창팡이 건설된 1933년에는 무슨 일이 있었나? 1933년, 세상에는 구원자 테세우스가 넘쳐났다. 그리고 그 테세우스들에게는 괴물이 필요했다.

　　먼저, 그해 1월, 한 실패한 예술가가 독일의 수상으로 취임한다. 바로 아돌프 히틀러라는 남자였다. 히틀러는 자신이 독일과 세계를 구원할 테세우스와 같은 존재라고 생각했을 것이다. 그의 생각에, 독일인들이 갇혀 있는 미궁 속에 도사린 괴물은 유대인이었다. 독일인에게 히틀러의 언어는 자신들을 미궁에서 빠져나가게 해줄 아리아드네의 실이었다. 급기야 독일인들은 그해 5월 히틀러의 이야기가 아닌 이야기들은 모두 불태웠다. 수많은 책을 쌓아놓고 불을 질렀던 독일인은 얼마 후 사람들도 불태우게 된다. 히틀러의 아리아드네의 실은 바야흐로 거대한 죽음의 미궁의 재료이자 설계도가 되었고, 결국 그들을 미노타우로스로 만들게 된다. 그런데 이 미노타우로스의 운명은 16년 전 독일이 러시아로 보낸 한 선물과 연결되어 있다.

16년 전, 1차 세계 대전 중이던 독일은 봉인된 열차 편으로 러시아에 선물을 하나 보낸다. 그 선물이란 바로 레닌이라는 남자였다. 러시아를 전쟁에서 떼어놓고 싶었던 독일은 러시아가 전쟁에서 손을 떼는 조건으로 레닌에게 막대한 혁명 자금을 들려 보냈다. 레닌은 '4월 테제'라는 새로운 언어를 내놓았고, 그 언어를 따르는 사람들은 혁명에 성공했다. 이 소문은 세계 곳곳으로 퍼져나갔고 많은 이들이 마르크스와 레닌의 언어로 새로운 세상을 만들 꿈을 꾸기 시작했다(1921년 상하이에 모여 중국 공산당을 만든 열세 명도 그들 중 하나였다). 이렇게 레닌의 언어 위에 탄생한 소비에트 연방이라는 국가는 훗날 히틀러의 독일 제국에 치명상을 입힐 예정이었다. 미로는 이렇게 두 국가의 운명을 엮어놓았다.

한편, 1933년의 팔레스타인 땅에는 20여 만 명의 유대인들이 몰려들었다. 팔레스타인에서 아랍인과 유대인을 모두 구원하겠다는 영국의 거짓 약속 때문이었다. 영국의 거짓말은 훗날 팔레스타인 땅에 끊임없이 이어지는 또 다른 죽음의 미로와 미궁을 만들 것이었다.

그리고 1933년, 미국에서는 영화 〈킹콩〉이 상영된다. 이 영화의 진짜 주인공은 거대하지만 가련한 괴수인 킹콩이 아니라 뉴욕이었다. 엠파이어스테이트빌딩을 오르내리던 킹콩은 뉴욕이라는 자유의 도시가 가진 부의 거대함과 화려함을 보여주기 위한 장치였다. 뉴욕이라는 도시를 쌓아올린 '자유'란 무엇이든 사고팔 수 있고, 무엇이든 소유할 수 있는 자유였다. 미국은 세계의 모든 사람들이 '자유'의 언어를 말하기 바랐다. 그러나 미국이 권하는 '자유'를 거부할 '자유'는 없었기에 이 '자유'의 언어 또한 거대한 미로와 미궁을 건설할 재료가 될 예정이었다.

이렇게 1933년의 세계는 각자 부르짖는 해방의 언어로 많은 사람들의 운명을 통째로 갈아 넣을 미로와 미궁을 건설하고 있었다. 그리고 이 미로와 미궁은 1948년 한국의 작은 섬 제주로까지 연결된다.

1948년, 제주

경찰은 조용히 마을 안으로 걸어 들어갔다. 그는 훗날

어느 언어학자의 문맹 체류기

'레드 헌트red hunt'라고 알려진 사냥을 하는 중이었다. 마을 중간쯤, 마당을 서성거리는 건장한 남자가 눈에 들어왔다. 마을의 모든 남자는 사냥감이었다. 경찰은 방아쇠를 당기고, 총알은 남자의 골반에 박혔다. 사냥감이 쓰러진 것을 확인한 경찰은 또 다른 사냥감을 찾아 걸음을 옮겼다. 그러다 경찰은 뒤에서 울음소리 섞인 젊은 여자의 말을 듣는다.

"호끔만 참읍써. 호끔만(조금만 참아요. 조금만)."

여자가 흐느끼며 말을 거는 대상은 아까 쓰러뜨린 사냥감이었다. 남자의 아내인 여자는 울면서 남자가 정신을 잃지 않도록 말을 건네고 있었다. 사냥감이 아직 살아 있었구나. 경찰은 다시 남자가 쓰러진 마당으로 들어갔다. 그리고 경찰은 여자의 눈앞에서 남자를 확인 사살했다. 집 안에서는 이제 갓 백일을 넘긴 여자의 막내아들이 울음소리로 엄마를 찾고 있었다.

1948년 제주도는 자유의 나라 미국에서 온, 아우슈비츠에서 유대인을 구출했다는 미군의 지배하에 있었다. 그런데 그 미국인들의 눈에 제주도는 레닌의 붉은 실이 거미줄처럼 칭칭 감겨 있고, 그 거미줄 위로 빨갱이라는 괴물들이 득실거리는 붉은 섬 'red island'였다. 이 괴물들은 미국의 '자유'를 위협할 것이기에 괴물들을 빠르고 효율적으로 처치하는 것이 필요했다. 그렇게 제주도는 말 그대로 탈출할 곳 없는 미궁이 되었고, 남자, 여자, 아이를 가리지 않고 이 섬의 사람들은 빨갱이라는 괴물이 되어 죽음을 맞이했다. 그러나 죽은 남자의 아내와 네 명의 어린 아들들은 용케도 학살의 위기를 넘기고 살아남았다.

죽음의 미궁에서 살아 돌아왔지만 자신의 말 때문에 남편의 죽음을 마주해야 했던 여자는 나의 할머니이고, 백일 정도밖에 되지 않은 막내아들은 나의 아버지이다. 언젠가 할머니는 해방 후 할아버지의 일본행 밀항을 막았다는 얘기를 하셨다. 해방 이후 경제적 기반이 없는 제주의 남자들은 돈을 벌기 위해 일본행을 택했고, 그 선택은 삶과 죽음을 갈랐다.

"그때 일본 가켄헌 거 안 막아시문 너네 하르방 살아실 건디(그때 일본 가겠다는 거 안 막았으면 네 할아버지 살았을 텐데).", "그때 나가 속솜해시믄 하르방 살아실 건디(그때 내가 조용히 했으면 할아버지가 사셨을 텐데)."

이렇게 할머니는 평생을 자신의 말이 남편을 죽음으로 몰았다는 후회에 시달렸고, 그 기억의 미궁 속에서 마지막까지 빠져나오지 못하셨다.

　한편, 나의 아버지는 아버지처럼 어릴 적에 아버지를 잃은 나의 어머니를 만나 결혼을 하고 나를 낳았다. 여기까지만 들으면 동병상련의 처지인 두 사람이 만나 가정을 이룬 평범한 얘기인 것 같다. 그런데 여기에는 작은 반전이 숨어 있다. 젊은 나이에 세상을 뜬 나의 외조부의 직업이 경찰이었던 것이다. 경찰에게 학살당한 남자의 아들과 경찰을 아버지로 둔 여자의 만남. 미로는 이렇게 얽히고설켜 이런 인연을 만들어내기도 한다.

　미군 부대에서 군복무를 하던 시절, 나는 종종 나의 처지와 가족사를 함께 떠올렸다. 할아버지의 학살을 지휘한 미국 군대에서 군복무를 하는 손자라. 거기다가 경찰을 외조부로 둔.

　그럴 때면 나는 나 자신이 뭔가 섞이지 않아야 할 것들이 섞여 있는 모순의 존재가 된 것 같은 기분이 들었다. 어찌 되었건 군대 막사에 앉아 궁상을 떨던 이 모순의 존재는 세상 이곳저곳 떠돌다 상하이로 흘러들어 라오창팡이라는 미로를 보게 된다.

2017년, 상하이

라오창팡에 설치된 TV에서는 영화 〈헝거 게임〉을 모티브로 한 서바이벌 게임장 광고가 방송되고 있다. 영화 〈헝거 게임〉 속에서 등장하는 캐피톨이라는 도시의 지배자들은 자신들에게 반역을 한 12구역의 소년 소녀들을 모아놓고 서로 죽고 죽이는 서바이벌 게임을 시킨다. 말하자면 이 영화는 미노타우로스와 테세우스 이야기의 SF 버전이다. 그런데 미노타우로스 미궁의 현대판 버전인 라오창팡에서 그 영화의 내용을 바탕으로 하는 서바이벌 게임이 벌어지고 있는 것이다.

서로 활을 쏘며 가짜 죽임과 죽음을 연출하는 서바이벌 게임을 하고, 유명한 연예인들이 참석하는 포르쉐의 신차 론칭 기념 파티가 열리며, 때로는 화려한 결혼식장으로 변신하는 도살장 라오창팡을 헤매다 보면, 내가 감당할 수 없을 정도로 많은 생각들이 떠오른다. 크레타 섬부터 아우슈비츠까지 거대한 이야기에 휩쓸려 자신의 이야기를 전하지 못하고 괴물로 이름 붙여진 채 사라진 사람들, 그리고 나의 가족사까지. 그렇게 많은 생각이 떠오르는 이유는 라오창팡에서 만날 수 없는 것들이 부딪히면서 만들어내는 풍경 때문일 것이다. 죽음과 삶, 과거와 현재라는 연결될 수 없는 것들이 미로와 미궁이라는 구조로 연결되어 있음을 보여주는 곳.

일설에 따르면 크레타의 미궁을 만든 다이달로스는 아리아드네에게 미궁을 탈출할 방법을 알려준 일로 미노스 왕의 분노를 샀고, 그 벌로 자신의 아들 이카루스와 함께 미궁에 갇히게 되었다고 한다. 미궁을 탈출할 방법을 궁리하던 중 다이달로스는 하늘을 날 수 있는 날개를 만들고 아들 이카루스에게 이 날개를 입혀 미궁을 탈출하게 한다. 그 뒤의 이야기는 익히 알고 있는 바다.

다이달로스처럼 인간들은 끊임없이 자신들의 이야기로 세계를 만들어왔다. 인간들은 세계에 질서를 부여하기 위해서 이야기를 하지만, 때로 그 세계는 어느 순간 미로와 미궁이 되어버린다. 그 미로와 미궁 속에서 우리는 테세우스가 되기를 꿈꾸지만 어느 순간 미노타우로스가 되어 있기도 하고, 미노타우로스의 제물이 되기도 한다. 이를테면 우리는 다이달로스처럼 미로와 미궁의 설계자인 동시에 희생자인 셈이다. 우리가 이 미로에서 탈출할 방법은 없다. 그저 기꺼이 길을 잃고 걷고 걸으며 새로운 길을 찾을 뿐. 그것이 또 다른 미로일지라도.

라오창팡 4층. 막다른 벽처럼 보이는 곳으로 다가가자 미처 발견하지 못했던 공간이 옆에서 나타난다. 그 공간에는 한 남자 아이가 당황한 기색으로 서 있다. 마치 1981년의 나처럼.

1981년, 제주

아이는 계속 골목 안에 갇혀 있다. 사람들도 보이지 않는 골목에서 아이는 우두커니 막힌 벽만 바라본다. 갑자기 막혀 있는 벽 옆에서 한 남자가 나타난다. 그제야 아이는 그 벽이 막혀 있는 것이 아니라는 것을 깨닫는다. 착시 현상이었던 것이다. 아이는 벽이 막혔다는 상상 속에 갇혀 있었던 셈이다. 아이는 남자가 들어온 길을 따라 후다닥 뛰쳐나간다. 남자는 고개를 돌려 뛰어가는 아이를 쳐다본다.

저 아이는 또 어디로 가나?

연어의 맛

갑자기 인덕션의 전원이 나갔다. 언제나처럼 점심으로 먹을 계란을 냄비에 삶던 중이었다. 아아, 또 시작인가? 다행히 계란은 거의 다 삶겨 있었다. 관리실에 인덕션이 고장 났다고 얘기해야 하는데 중국어로 인덕션이 뭐지? 계란을 소금에 찍어 먹으며 중국어로 인덕션이 뭔지 검색했다. 그런데, 어랍쇼? 모니터에는 '인터넷에 연결되지 않음'이라는 메시지가 떴다.

무선 공유기를 살펴보니 점멸등이 껌껌했다. 그러고 보니 금방이라도 폭발할 듯 요란하게 돌아가던 냉장고 소리도 잠잠했다. 전등의 불도 들어오지 않았다. 건물 전체가 정전인가? 하지만 복도의 전등은 멀뚱히 켜져 있었다. 핸드폰을 꺼내 인터넷 검색을 했지만 네트워크를 연결할 수 없다는 메시지만 나왔다. 도움을 청하러 전화를 걸었다. 그러나 신호는 가지 않고 대신 중국어 메시지와 영어 메시지가 흘러나왔다. 전화 요금을 내지 않았기 때문에 전화와 인터넷 사용을 할 수 없다는 내용이었다. 아하, 또 시작이구나. 또 시작이야. 너무나 절묘한 타이밍이야. 그래, 한동안 고장 쇼가 잠잠하다 했다. 역시 내 방에는 뭔가 신령스러운 기운이 있어.

다음 날, 샤오미 매장에 가야겠다고 생각한 건 무선 공유기 때문이었다. 전원도 다시 들어오고, 냉장고도 터질 듯 시끄럽게 돌아가고, 전화 요금도 다시 충전했지만 무선 공유기는 무슨 까닭인지 여전히 정신을 차리지 못하고 있었다. 전원을 껐다 켜도, 재설정을 해도 마찬가지였다. 아무래도 공유기를 사야겠는걸. 그래, 받아들이자. 안 되면 새로 사야지 어쩌겠는가.

위층 방에서 흘러나오는 와이파이 신호로 상하이 샤오미 매장이 어디 있는지 검색했다. 몇 년 전 새로운 매장이 아닌 이전 샤오미 매장에 대한 정보를 믿고 길을 나섰다가 허탕을 친 적이 있었기 때문에, 언제 올린 글인지를 먼저 확인했다. 불과 며칠 전에 4호선 중산공원中山公園역에 있는 샤오미 매장에 다녀온 사람의 글이 떠 있었다. 지난번에 갔던 곳은 중산공원역에 있는 매장이 아니었는데? 그래도 며칠 전에 다녀왔다니까 맞겠지.

외출 준비를 하고 나가기 바로 직전, 혹시나 하는 마음에 다시 무선 공유기의 와이파이를 다시 잡아봤다. 거짓말처럼 신호가 잡혔다. 심지어 인터넷은 기존보다 더 빠른 속도로 돌아갔다. 약간 기가 찼지만 이 방의 신령스러움을 인정할 수밖에 없었다.

외출을 그만둘까 하다가 샤오미에서 만들었다는 가성비 갑 스마트 시계 '미밴드'가 떠올랐다. 한국 돈으로 2만 원 정도 한다는데 이왕 외출 준비한 거 그거라도 사오자. 싸니까 산다고? 그걸 어디다 쓰려고? 마음 한쪽에서 시비를 걸었다. 이봐, 내가 요즘 매일 아침저녁으로 조깅하잖아? 몇 킬로를 몇 시간이나 뛰었는지 확인 가능하다니까. 운동은 과학이야. 그러니까 사자. 또 다른 마음의 소리가 변호를 했다. 그래, 딴 거 말고 딱 그것만 사고 오는 거야. 아, 역시 나는 논리적이야.

중산공원역에 있는 쇼핑몰은 전에 다녀왔던 곳이 아니었다. 하지만 그게 문제는 아니었다. 문제는 아무리 찾아도 샤오미 매장이 나타나지 않는 것이었다. 작은 쌀집小米之家이라서 그런가 지하 2층부터 한 층씩 올라가면서 뒤져봐도 매장은 보이지 않았다. 며칠 전 매장에 다녀왔다는 이가 올린 쇼핑몰 사진과 일치하는 장면은 하나도 나오지 않았다. 한 30분쯤 헤맸을까. 포기하고 돌아가려 할 때, 나는 이 큰 쇼핑몰이 일종의 아령과 같은 구조를 하고 있다는 걸 깨달았다. 나는 아령의 한쪽 부분만 열심히 뒤지고 있었던 것이다. 아령의 반대편을 헤맨 끝에 나는 드디어 샤오미 매장을 찾았다.

미밴드를 사들고 나오는 길. 매장 바로 아래층에서 까르푸 매장을 만났다. 매장 앞에 서 있던 외국인들이 불어와 일본어를 사용하는 게 들렸다. 냄새가 났다. 무슨 냄새? 맥주 냄새. 외국인들이 많이 찾는 매장이라면 필경 우리 동네 마트에서는 보지 못하는 다양한 맥주를 팔고 있을 것이었다. 아니다 다를까, 수입 맥주 매대에서 동네에서 쇼핑할 때는 발견하지 못했던 기네스 맥주를 찾아냈다.

장바구니에 맥주를 옮겨 넣을 때 또 마음 한쪽에서 시

비를 걸었다. 이렇게 많이 사가면 너무 무겁잖아. 지하철로 30분은 가고, 내려서도 15분쯤 걸어야 하는데? 아니야, 샤오미 매장 찾느라고 너무 고생했잖아. 고생했으니 위로가 필요해. 아, 나는 역시 논리적이야.

까르푸에서 쇼핑을 마치고 아래층 푸드 코트로 내려왔을 때, 또 내 시선을 단박에 잡아끄는 게 있었다. 예쁘게 썰린, 고운 주황 빛깔 연어회 포장이었다. 중국에서는 생선이 귀한 음식이라 자주 먹지도 않지만 먹는다 해도 여러 향신료와 함께 튀기거나 굽거나 쪄서 먹지, 날것으로 먹는 법은 없다. 그런데 연어라니. 그것도 예쁘게 썰려 있는 연어회라니.

마침 집 냉장고에 아사히 맥주와 기린 맥주 두 캔이 남아 있는 게 생각났다. 한국에 있을 때는 아사히나 기린 같은 맥주가 맛있다고 생각해본 적이 없었다. 그런데 중국에 와서 칭다오 맥주를 마시다 질려서 버드와이저를 마시게 되고, 그 버드와이저마저 지겹다 싶을 때 아사히 맥주와 기린 맥주의 쌉쌀한 맛이 마음에 들기 시작했다. 그래서 냉장고에 그 맥주가 남아 있었던 것이다. 그래, 칭다오나 버드는 연어회와는 어울리지 않아. 그러나 아사히 맥주와 연어회의 만남은 어떠한가? 중국에서는 감히 상상해보지 못한 눈물겨운 호사 아닌가? 나는 지체 없이 연어회를 집어 들고 계산을 했다.

드디어 집에 도착해 쇼핑한 물건들을 정리하고 자리에 앉았다. 먼저 아사히 맥주를 한 잔 쭉 들이켰다. 쌉쌀한 청량감이 목을 타고 온몸으로 퍼졌다. 이제 제일 중요한 순서가 남았다. 연어회 한 점을 간장에 찍어서 입에 넣었다. 이윽고 연어회의 향이 입 안 가득 채워졌다.

그 순간 나는 인덕션이 고장 난 것에서부터 시작된 일련의 사건들이 이 맛을 위해 일어난 것이라고 우기고 싶어졌다. 그 모든 일이 아니었다면 나는 연어회를 파는 매대를 결코 발견하지 못했을 것이므로. 그러니까 나는 연어회를 사야 하는 운명이었던 것이다. 아사히와 기린 맥주가 좋아졌던 것도 이 맛을 느끼기 위한 것이었고.

하루가 지난 지금도 향긋하게 비린 그 감칠맛이 입 안에서 느껴진다. 앞서 마신 맥주의 쌉쌀함 때문에 더욱 선명해지는 그 맛이.

그래, 논리 같은 건 다 때려치우자.

모든 것은 이 맛 때문이었다.

거꾸로 강을 거슬러 오르는 저 힘찬,

연어의 맛.

나는,
느리지만 오래 달릴 수 있다

어젯밤에는 너무 달렸다. 이상하게 생각하지 마시라. 여기서 '달렸다'는 표현은 말 그대로 '달렸다'는 뜻이다.

어제 저녁, 나는 상하이 푸단대학교의 대운동장 트랙을 서른 바퀴 돌았다. 미밴드가 기록해준 바로는, 나는 오후 7시 43분부터 9시 21분까지 총 한 시간 38분 동안 무려 18킬로미터를 달렸다. 물론 처음부터 이 거리를 달릴 생각은 아니었다. 몇 주 전부터 술로 달린 날 다음에는 무조건 아침저녁으로 달린다, 라는 원칙(일명 달리면 달린다 원칙)을 세우기는 했지만, 그렇다고 한 번에 하프에 가까운 거리를 뛸 생각은 아니었다.

딱 열 바퀴만 뛰자.

원래는 그럴 생각이었다. 그런데 일곱 바퀴째 트랙을 돌았을 때 갑자기 비가 쏟아졌고, 나는 그때까지 뛴 것이 아까워 그 비를 고스란히 맞으며 열 바퀴를 채웠다. 문제는 비를 맞은 것이 무슨 큰 투자를 한 것처럼 느껴졌다는 것이다. 비에 흠뻑 젖은 것이 나에게 큰 밑천이나 자본처럼 여겨졌다. 그래서 나는 그 밑천을 최대한 이용한 투자를 하기로 했다. 그러니까 이왕 버린 몸, 이런 심정으로 한 바퀴를 더 돌기로 한 것이다. 그런데 그 한 바퀴가 두 바퀴가 되고, 이윽고 세 바퀴가 되더니 결국 나는 서른 바퀴나 트랙을 돌아버렸다.

침대에 누우니 금방 잠이 들었다. 하지만 자는 도중 내내 몸을 뒤척일 때마다 에고고 곡소리가 났다. 그렇다. 미련한 짓이었다. 왜 아니겠는가. 사람들이 거의 다 빠져나간 운동장 트랙을 비를 맞아가며 서른 바퀴나 홀로 뛰는 일만큼 미련한 행동은 어디 가서 찾기 힘들다. 그런데 내게 최고의 정신적 고양감을 줬던 몇 안 되는 경험 중에 이 미련한 짓이 있다.

어느 언어학자의 문맹 체류기

사실 내가 제일 싫어하는 것 중 하나가 바로 '오래달리기'였다. 달리기는 가혹한 훈육 또는 처벌의 명칭이었고, 의미 없는 행동의 표본이었다. 제일 이해가 안 가는 것은 TV에서 해주는 마라톤 경기 중계였다. 선수들은 먹고살려니 뛰어야 한다고 치고, 선수들 뒤에서 몇 시간 동안 죽어라 뛰는 저 미친 인간들은 뭔가? 그리고 이런 지루한 경기는 결과만 알려주면 되지, 도대체 왜 생중계를 하는 것인가?

그랬던 내가 달리기를 좋아하게 된 것은 한국이 군사적으로 대치 중인 분단 국가이며, 주권 국가이면서도 외국 군대의 주둔을 허용한 나라라는 슬픈 역사적 현실(?)과 관계가 있다. 거창하게 말했지만 내가 달리기를 좋아하게 된 것은 미군 부대에서 군 생활을 한 것이 결정적 계기가 됐다는 말이다.

논산훈련소에서는 좁은 연병장 안에서 어마어마한 먼지 폭풍을 일으키며 몇 바퀴 도는 시늉을 할 뿐이었지만(사실 그것도 힘들어 죽는 줄 알았다) 후반기 교육을 받기 위해 끌려간 미군 기지에서는 정말로 병사들을 '오오오래' 뛰게 만들었다. 그도 그럴 것이, 미군 기지의 규모는 어지간한 소도시만큼 컸고, 그래서 기지 한 바퀴를 뛰어서 도는 게 한 시간 이상 걸렸던 것이다. 이렇게 군 생활 내내 아침저녁으로 거품을 물며 뛰다 보니 나는 어느덧 마라톤 생중계를 재미있어라 하며 시청하는 인간이 되어 있었다.

★

달리기를 좋아하게 되면 가끔 귀찮은 일이 생긴다. 그 귀찮은 일이란 바로 달리기를 좋아하는 이유를 남에게 설명해야 하는 상황이다. 내가 그러했듯이 다른 대부분의 사람들에게 달리기란 시간이 남아도는 현대의 인간들이 만들어 낸 가장 무성의한 스포츠처럼 보일 것이다. 이런 사람들에게 달리기를 좋아하는 이유를 납득시키는 일은 쉽지 않다.

이럴 때 제일 먼저 들이대는 이유는 다이어트다. 그러나 나는 이미 달리기 다이어트의 실패한 표본이었다. 한 시간씩 달린 후 집으로 돌아갈 때 지나치게 되는 치킨집의 유혹을 뿌리칠 수 없었던 것이다. 족저근막염과 무릎 통증에 시달리는 주제에 달리기가 건강에 좋다고 말할 수도 없었다. 그러다 나는 드디어 그럴싸한 과학적 근거를 '달리는 이유'로 이야기할 수 있게 되었다.

"마약을 한 상태와 같아요. '러너스 하이runner's high'라고 하는데요. 오래 달리면 고통을 막기 위해 뇌에서 도파민이 분비돼요. 이것이 강력한 쾌감을 일으키죠. 그래서 고통스러워하면서도 계속 뛰고 싶은 거예요."

이런 설명을 하기는 했지만 썩 탐탁스러운 것은 아니었다. 뭔가 내가 마조히스트가 된 것 같은 기분이 들었기 때문이다. 달리기에 빠져 있는 그 수많은 사람들이 마조히스트라면 자신을 괴롭힐 수 있는 하고많은 방법 중에 왜 이렇게 비효율적인 방법을 택한단 말인가?

내가 달리기를 좋아하는 이유에 대해 좀 더 그럴싸한 대답을 할 수 있게 된 건 타라우마라Tarahumara라는 멕시코의 부족을 알게 되면서부터이다. 크리스토퍼 맥두걸Christopher McDougall이라는 기자가 《본 투 런》이라는 책을 통해 본격적으로 소개한 이 부족의 능력은 가히 어벤져스급이다. 사슴이 지칠 때까지 쫓아가 사냥을 하는 이들은 빨리 달리는 사람들이라는 뜻의 '라라무리'라는 이름으로도 불린다. 그 이름에 걸맞게 이들은 축제 때 옥수수로 빚은 맥주를 마시며 밤새 놀다가 다음날 아침부터 남녀노소 가리지 않고 하루 종일 뛴다(달리면 달린다 원칙이 여기서도 나온다). 몇십 킬로가 아니다. 라라무리는 몇백 킬로미터를 쉬지 않고 뛰는 능력을 가졌다. 이들은 멋진 나이키 신발을 신고 나타난 최고의 울트라 마라톤 주자들을 '쓰레빠'를 신고 압도한다. 평지를 뛰는 것도 아니다. 험하기로 악명 높은 협곡을 그렇게 뛰어다닌다. 몇백 킬로미터를 그렇게 뛰다가 길을 잃고 국경을 넘어서 미국 내륙에서 발견되기도 한다. 아, 미안합니다. 트럼프!

이런 무시무시한 능력을 어떻게 얻었는지 파악하기 위해 라라무리들을 연구실에 가둬놓고 실험을 거듭해야 할 것 같지만, 맥두걸은 뜻밖의 결론을 내놓는다. 라라무리들은 전혀 특별하지 않다. 왜냐? 인류는 원래 뛰도록 설계되어 있는 종족이니까. 많은 해부학적·인류학적 증거들이 모두 한 방향으로 인간이 뛰기에 최적화되어 있음을 가리키고 있다.

인간은 뛰는 일에는 유용하지만 걷는 일에는 하등 소용이 없는 아킬레스건을 가지고 있으며, 계속 뛸 수 있도록 체열을 땀으로 배출하는 체온 조절 시스템을 갖췄다. 인간의 맨발 또한 뛰는 데 최적화되어 있다(아이들이 맨발로 신나

어느 언어학자의 문맹 체류기

게 뛰어다녀도 다치지 않는 이유를 생각해보라). 유명 신발 회사의 러닝화를 신어도 부상이 속출하는 이유는 맨발의 기능을 무시했기 때문이고.

요는 이거다. 라라무리가 특출한 게 아니라 대부분의 인류가 자신이 가진 본성과 능력을 잊어버린 것이다. 나는 무릎을 쳤다. 바로 이거야! 내가 달리기를 좋아하는 이유를 구구절절 설명할 필요가 없다는 사실을 깨달은 것이다. 인간은 원래 그냥 인간이 아니라 '뛰는 인간'인 거다. 아 글쎄, 원래 그렇다니깐. 저 많은 마라톤 동호회 소속의 마조히스트들은 야성의 부름에 응하는 늑대개처럼 자신의 본성을 깨달았을 뿐인 것이다.

라라무리임을 각성한 내가 제일 처음 한 일은 서울 시내를 뒤져 맨발로 뛰는 것과 유사한 효과를 내는 발가락 신발을 산 것이다(내 신발은 하늘색이어서 멀리서 보면 개구리 발바닥처럼 보인다).

하지만 라라무리로서의 삶은 쉽지 않았다. 생활의 속도는 달리는 속도보다 빨랐기 때문이다. 달리기는 어쩌다 못 견디게 하고 싶을 때 하는, 겨우 짬을 내서 하는 이벤트 같은 운동이 되고 말았다. 그래도 상하이행을 준비하면서

짐을 쌀 때, 나는 다른 신발보다 제일 먼저 발가락 신발을 챙겨 넣었다.

어둠이 깔리고 저녁이 되면 나는 개구리 신발을 신고 조용히 대학의 운동장으로 숨어든다. 운동장으로 가는 길에서 나는 약간 긴장하는데 개구리 신발을 보고 말을 걸어오는 중국인이 있을까봐서이다(한국에서는 있었다). 다행히 아무 일 없이 운동장에 도착한다. 운동장은 바다의 온갖 물고기를 모여들게 만드는 인공 어초와 같아서 길에서 만날 수 없는 수많은 인간 군상들이 모여든다. 데이트를 즐기는 남녀부터, 트로트풍 음악을 틀어놓고 질서 정연하게 광장무를 추는 여인들, 줄담배를 피우며 트랙을 도는 빡빡머리 아저씨, 발은 바닥에 고정한 채 손만 부지런히 태극권을 연습하는 남자, 지팡이에 의지하는 거동이 불편한 몸으로 발라드 음악을 들으며 겨우겨우 발걸음을 옮기는 달팽이 할아버지까지.

그리고 그 사이를 상하이의 라라무리들이 뛴다. 라라무리들의 모습도 가지각색이다. 힙합 음악을 틀어놓고 뛰는 여학생, 고개를 내밀고 앞으로 꼬꾸라질 듯 달리는 중년 아저씨, 발끝에 스프링이 달린 듯 통통 튀어 오르듯이 달리는 남자, 무리를 이룬 켄타우로스가 달리는 것처럼 무서운 속도로 질주하는 마라톤 동호회 사람들 등등.

그들 대부분은 나를 앞서나간다. 처음에는 저기 뒤뚱뒤뚱 걷듯이 뛰는 중년 남자보다 내가 느리게 뛰고 있다는 사실을 받아들이기 힘들다. 그래서 경쟁심으로 앞서나가지만 결국 얼마가지 않아 그 중년 남자와 같은 신세가 되어 있는 나를 발견한다. 나의 욕망이 저 멀리 달려나간다고 해서 나의 발이 그 욕망을 따라잡을 수 있는 것은 아니기 때문이다.

이런 과정을 몇 번 거치고 나면 비로소 나는 겸손해진다. 그때부터 나는 내 발과 호흡이 이끄는 대로 달린다. 발이 속도를 허락하면 빨리 달리고 허락하지 않으면 천천히 걷듯이 달린다. 그럴 때 나는 이런 생각을 하는 것이다.

'느리지만 오래 달릴 수 있다.'

그렇게 뛰고 난 후의 나는 뛰기 전의 나와 아주 조금, 다른 사람이 된다.

밤마다 나는 조용히 대학 운동장으로 숨어들 것이다.

지금의 나와는 조금 다른 나를 만나기 위해서.

그러니까 나는, 느리지만 오래 달릴 수 있다.

중국이라는 거인이
수집한 트로피

1997년 가을, 제주공항 1층 공중전화 부스 안에서 나는 내 인생 두 번째 메소드 연기를 펼치고 있었다. 부스 안에 들어가 통화하는 모습을 보이라는 감독의 요구에 나는 정말로 '전화를 거는 사람'이 되기로 했다. 마침 주머니에 동전도 있던 참이었다. 친구에게 할 말도 미리 생각해두었다. 전화를 걸어서 "나 지금 영화 촬영 중이야, 음 그래. 엑스트라 아르바이트를 하고 있어"라고 자랑할 생각이었다. 신호음이 몇 번 울리고 건너편에서 전화를 받았다.

"여보세요."

"여보세요."

"누괴우꽈?(누구십니까?)"

"어? 아……!"

　상대방의 목소리를 확인하는 순간 나의 혀는 굳어버렸다. 전혀 기대하지 않은 목소리가 흘러나왔던 것이다. 목소리의 주인공은 친구가 아닌 친척 분이었다. 긴장한 나머지 나도 모르게 친구 집 전화번호가 아닌 친척댁 전화번호를 눌렀던 것이다. 평생 하지 않던 뜬금없는 문안 인사를 드린 후, 나는 땀을 삐질삐질 흘리며 전화를 끊었다.

　이것이 나의 두 번째 '엑스트라 메소드' 연기다. 지금은 부부가 된 장동건과 고소영이 출연한 영화 〈연풍연가〉의 초반부에, 나는 여기저기서 유령처럼 등장한다. 기자가 되어 "결혼은 언제 하십니까?"라는 대사를 던지기도 하고, 심지어 장동건이 공항에서 소매치기를 쫓아가는 장면에서는 공항 3층과 2층의 에스컬레이터, 1층의 공항 출입문에 동시에 '존재'하는 기적의 행인이 되기도 한다.

　이런 엑스트라를 하면 한동안 영화 보는 것이 힘들어진다. 영화의 전경과 배경이 역전되기 때문이다. 영화에서는 주연 배우들이 전경이고, 엑스트라 연기자들은 배경이다. 그런데 엑스트라 연기를 한 이후에는 전경이어야 하는 주연 배우보다는 뒤에 있는 엑스트라 연기자의 어색한 동선과 표정에 더 주목하게 되는 것이다. 그리고 엑스트라 연기자들이 카메라의 사각 프레임 밖에서 안으로 진입하기 전의 모습과 프레임을 벗어난 후 안도하는 모습을 자꾸만 상상하게 된다.

갑자기 나의 연기 경험을 늘어놓는 이유는, 내가 영화 〈그녀, her〉의 배경으로 나오는 푸둥 루자쭈이의 스지톈차오 육교를 걸었기 때문이다. 인공지능과 사랑에 빠지는 한 남자의 이야기를 다룬 이 영화에서, 주인공인 테오도르 역의 호아킨 피닉스는 스지톈차오 육교로 출퇴근을 한다. 루자쭈이를 다녀온 후 다시 찾아본, 호아킨 피닉스가 육교를 걷는 장면에서도 나는 어쩔 수 없이 엑스트라에게 눈이 간다. 외로움을 온몸의 걸음걸이로 드러내는 호아킨 피닉스와는 달리 엑스트라는 '준비, 땅!' 하고 경주를 하는 사람들처럼 허겁지겁 주인공을 지나치고 있다.

사실 이 영화를 처음 봤을 때부터 나의 관심을 끈 것은 엑스트라의 연기보다는 호아킨 피닉스가 걷는 공간이었다.

미국 어느 도시가 배경인 듯했는데 중국어를 사용하는 행인들이 등장해서 잠깐 어리둥절하기도 했거니와, 차가 없이 사람들만 걷는 거리 옆으로 초고층 건물들이 늘어져 있는 풍경이 낯설게 느껴졌기 때문이다.

실제로 스지톈차오를 걷는다는 것은 특이한 경험이다. 마천루로 가득 찬 대도시에서 차들은 마치 주인처럼 군림하며 보행자들을 내려다본다. 뉴욕을 배경으로 한 영화를 보면 보행자들은 거대한 마천루와 수많은 차들 옆에서 노예처럼 기가 죽어 있다. 그런데 이 공중 회랑에서 보행자들은 자신의 발밑으로 차들이 기어가는 것을 내려다본다. 그들의 양옆에는 위세 당당하게도 거대한 마천루가 화려한 조명을 내뿜으며 빛나고 있다. 스지톈차오 육교를 걸으면 양옆에 있는 거대한 스크린 사이를 거닐고 있다는 느낌이 들기도 한다.

사실 지금 푸둥지구의 모습은 황푸강 건너편 제국주의 서구 열강이 만들어놓은 와이탄이란 극장에 대한 중국의 대답이다.

이른바 '시선'의 전쟁을 먼저 시작한 것은 서구 열강이었다. '십리양장(十里洋場, 십리에 걸친 서양인의 세계)'의 상징은 제방을 따라 늘어선 와이탄의 마천루였다. 중국인 거주 지역과 맞붙어 있던 조계의 마천루들은 압도적인 높이로 중국인의 낮은 집들을 내려다보았다. 와이탄의 건물들은 중국인이 어쩔 수 없이 올려다봐야 하는 화려하고 거대한 극장이었던 것이다.

신경건축학자 콜린 엘러드Colin Ellard에 따르면 이러한 압도적 크기의 건축물은 인간에게 경외감을 불러일으키는데, 이 경외감은 '순응'이라는 감정과 연결된다. 거대한 종교적 건물이 신자들에게 신에 대한 경외와 순응을 이끌어내는 것처럼 와이탄이란 극장은 강력한 서구 제국에 대한 중국인의 순응을 이끌어내기 위한 것이었다.

100여 년이 지난 지금, 와이탄을 찾는 사람들은 와이탄의 유럽식 건물을 보지 않는다. 사람들은 와이탄의 건물들을 등지고 황푸강 너머 푸둥의 마천루에서 뿜어내는 빛의 향연을 감상하느라 여념이 없다.

지난 국경절에 와이탄을 찾았을 때 자본주의의 결정체인 푸둥의 상하이 세계금융센터와 상하이타워의 외벽을 타고 오르내리는 이미지는 다름 아닌 붉은 중국 오성기였다. 이렇게 화려한 풍경을 보다가 뒤를 돌아보면 와이탄의 유럽식 건물들이 초라하게 느껴진다. 그런데 가만 보면 이 유럽식 건물들 위에는 시선의 전쟁에서 승리했다는 표식처럼 모두 어김없이 오성기가 꽂혀 있다. 와이탄은 이제 사람들이 잘 찾지 않는 오래된 극장이다.

스지톈차오를 따라 늘어선 빌딩들도 시선의 전쟁의 결과물이다. 제이 애플턴Jay Appleton이라는 지리학자는 인간과 거주지를 택하는 원리는 조망과 피신이라고 말한다. 인간이나 동물은 자신의 몸을 숨기면서 다른 곳이 잘 보이는 곳을 거주지로 택한다. 이곳 푸둥에서 처음으로 이러한 조건을 갖춘 곳은 동방명주탑이었다. 그러나 더 좋은 조망을 얻기 위한 경쟁에 불이 붙었고, 제일 높은 건물이라는 타이틀은 계속 교체되었다. 이렇게 해서 푸둥은 갈수록 거대하고 화려한 극장이 되었다.

이제 푸둥의 마천루들은 중국이란 거인이 수집해놓은 트로피 같다. 동방명주 앞의 스지톈차오에서는 오성기 깃발을 든 중국인 관광객을 많이 볼 수 있다. 이들에게 루자쭈이의 거대한 빌딩 사이를 걷는다는 것은 압도적인 중국의 힘을, 중국이란 종교를 온몸으로 확인하는 순례와 같을지도 모른다.

그러나 내게 스지톈차오를 걷는다는 것은 복잡한 의미이다. 이 공중 회랑을 걷는다는 것은 영화 〈그녀, her〉의 공간으로 들어가 주인공 테오도르의 외로움과 같이 걷는 것이기도 하고, 영화 엑스트라 아르바이트를 하던 시절로 돌아가는 것이기도 하다. 또한 강 건너를 두고 오간 100여 년의 대화를 읽어내는 것이기도 하고.

이렇게 어떤 길을 걸을 때 사람들은 그들이 살아온 시간과 공간, 그리고 기억과 생각들을 같이 끌고 온다. 이를테면 사람들은 자신만의 우주를 끌고 와서 길 위에 그것들을 포개놓는다. 그렇게 그 길은 각자에게 모두 다른 길이 된다.

내가 끌고 다니는 우주를 루자쭈이의 스지톈차오 위에 풀어놓으니 이곳은 내게 극장이 되었다. 나는 극장의 관람객인 동시에 이 극장에서 상영되는 영화 속 등장인물이기도 하다. 주연인지 엑스트라인지 구분이 안 되기는 하지만 말이다.

선글라스를 끼고 스지톈차오를 걷다 보니 나의 첫 번째 메소드 연기가 생각난다. 나의 첫 번째 메소드 연기는 초등학교 6학년 때 맡은 연극 심청전의 심봉사 연기였다. 그때 나는 정말로 눈을 질끈 감고 심봉사 연기를 했다. 덕분에 어둠 속에서 나는 무대의 위치를 제대로 파악하지 못해 한참 헤매야 했다.

음, 누가 선글라스 좀 빌려주지 그랬어요.

사적인 일기가 널린 거리

중국 상하이에는 사람들이 잘 모르는 명물이 하나 있다. 아마 상하이뿐만 아니라 중국 전역에서 볼 수 있는 명물일 것이다. 그 명물이란 바로 '경비원'이다. 이곳의 거리와 건물에는 경비원들이 그야말로 넘쳐난다. 내 숙소에서 500미터도 안 떨어진 연구실로 출근하는 동안 마주치게 되는 경비원만 대략 일곱 명에서 아홉 명이다.

일단 숙소 정문을 지키는 경비원이 있고(하나), 숙소를 나오자마자 보이는 길가의 초소에는 검은 군복을 입은 세 명의 경비원이 있다(셋). 어디를, 또 무엇을 경비하는지 도무지 모르겠지만 이 초소 안에는 여러 대의 CCTV를 확인하는 모니터가 켜져 있다. (그런데 이상도 하여라. 이 모니터를 볼 때마다 나도 모르게 맥주를 너무 많이 마신 나머지 노상 방뇨하는 사람들의 안위가 걱정된다.) 큰길을 하나 건너 연구동이 있는 길로 들어서면 또 초소가 하나 나온다. 바리케이드까지 갖춘 이 초소로 말할 것 같으면, 사실 왜 그 초소가 거기 있어야 하는지 모르겠지만, 그냥 있다(넷). 그 바로 옆 공회라 불리는 노조회관 입구에도 초소와 경비가 있고(다섯), 조금 더 가다 보면 보이는 주차장에도 경비원이 있다(여섯). 연구동 입구에 도착하면 거기도 역시 초소와 경비원이 보인다(일곱). 입구 맞은편에 있는 도서관 건물 초입에도 경비원이 보인다(여덟). 그리고 연구동 건물 1층에도 경비원이 있다(아홉). 집을 나선 지 불과 5분 만에 나는 아홉 명의 경비원을 지나치게 된다.

어마무시한 군사 시설도 아닌 대학가의 사정이 이러하니 온갖 보물이 전시되어 있는 박물관은 더 말할 나위가 없을 것이다. 지난번 방문한 상하이박물관도 마찬가지여서 지금까지 다녔던 어떤 박물관보다도 많은 수의 경비원이 관람객 사이에서 서성거렸다. 한 경비원은 눈치 없이 내가 보려 하는 그림 바로 앞에 서서 관람객을 감시하는 통에 그가 비켜주기를 한참이나 기다려야 했다. 정장 차림의 경비

어느 언어학자의 문맹 체류기

원들이 밀집 수비(?)를 하는 장소에서는 내가 주요 요인이 되어 경호를 받는 듯한 기분이 들기도 했다.

대학이나 박물관 같은 시설에만 경비원이 있는 것이 아니다. 서민들이 산다는, 상하이만의 독특한 건축 양식인 스쿠먼 주택가 입구에도 여지없이 경비원들이 서 있다. 스쿠먼 안으로 들어가 상하이 사람들의 삶을 좀 더 자세히 구경하려고 하다가도 흡사 한국 군부대의 위병과 같은 포즈로 서 있는 경비원의 모습을 보면 이내 포기하게 된다.

처음 캠퍼스를 드나들 때 경비원들이 서 있는 모습을 보고 약간씩 움찔했던 것도 같은 이유에서였다. 경비원들이 서 있는 곳은, 그곳이 내가 일하는 학교라 해도 왠지 들어가면 안 될 것 같은 느낌이 들었기 때문이다. 밤에 캠퍼스를 산책할 때에도 출입문에 서 있는 경비원들이 괜히 나를 붙잡을 것 같아서 일부러 신분증을 들고 가곤 했다. 하지만 이들이 지나가는 사람을 붙잡는다거나 하는 일은 없다. 이들이 어쩌다 생기를 되찾는 유일한 순간은 대학 안으로 들어오는 배달원들의 스쿠터 진입을 막을 때뿐이다.

그렇다고 경비원들이 항상 장식품처럼 서 있기만 하는 것은 아니다. 가끔씩 그들의 권능을 발휘할 때도 있다.

언젠가는 사람이 없는 운동장에 들어서다가 경비원이

쫓아와 뭐라고 하는 바람에 다시 발길을 돌린 적이 있었다. 정확히 이해할 수는 없었지만 메시지는 정확했다. 나. 가. 시. 오!

또 한번은 주말에 선생님들과 학교 노조회관 탁구장에서 탁구를 치다가 경비원에게 쫓겨난 적도 있다. 탁구장 운영 시간인 오후 5시를 살짝 넘긴 시간, 바야흐로 마지막 승부를 내려 할 때 건물 경비원이 들이닥쳤다. 딱 15분만 더 치면 그날의 승부를 낼 수 있을 터였다. 그러나 경비원은 탁구장도 쉬어야 한다(?)는 물아일체의 논리로 매몰차게 우리 일행을 쫓아냈다. 그의 논리 앞에서는 귀선생의 조근조근한 설득도, 20여 년 넘게 재직 중인 J선생의 위상도 전혀 먹히지 않았다. 아마 한국이었다면 조금만 더 치고 가시라고 할 수도 있었을 것이다. 그러나 오후 5시가 땡 하고 지나자 경비원에게 우리 일행은 말 그대로 아무 자격 없는 철저한 외부자가 되었다. 말이 통하지 않는 그 경비원을 보며 J선생은 중국인들이 잘하는 일 중 하나가 쓸데없이 문을 걸어 닫고 잠그는 일이라며 푸념을 했다.

J선생의 푸념을 듣고 나서 길로 나오니 또다시 무료한 표정으로 서 있는 경비원들이 보였다. 그들의 모습을 보고 있자니 문득 중국이란 나라가 외부와 내부로 경계를 나누

어느 언어학자의 문맹 체류기

는 데 능한 곳이라는 생각이 들었다. '내 것'과 '우리'를 '외부'와 철저히 분리하는 문화.

내게 일종의 성城을 구축하는 이런 문화가 특히 낯선 것은 내 유년의 기억 때문이기도 하다. 내가 살던 제주도 고향집에서는 언제나 대문을 열어놓고 지냈다. 심지어 외출을 할 때도 문을 잠그지 않고 그대로 외출했었다.

다시, 중국에 왜 이렇게 경비원이 많은지 생각해본다. 중국에서 경비원들의 진정한 역할이란 경계를 나누고 그 스스로 경계가 되는 것이 아닐까? 그리고 그 경계를 드나드는 사람들로 하여금 스스로 그 경계를 넘나들 수 있는 사람인지 검열하도록 만드는 것이고.

여기까지만 읽으면 중국인이 개인적인 사적 영역과 공적 영역을 철저히 구분할 것이라고 생각할지 모르겠다. 그러나 상하이의 길을 조금만 걸어보면 그런 경계가 있었나 하는 의아함이 금세 생겨난다.

운동장을 달리다 앞에서 걷는 노인이 집에서 입는 하얀 '난닝구'와 줄무늬 사각팬티를 입고 있다는 것을 깨닫는 순간이 그렇고, 인도 위를 좌판과 간이 의자로 점령한 채 스피커를 시끄럽게 틀어놓은 자전거 수리상을 볼 때도 그렇다. 그 바로 옆 자신의 리어카 위에서 낮잠을 청하는 고물상을 볼 때도 마찬가지고.

이런 의아함이 제일 커지는 순간은 맑은 날 찾아온다. 볕이 좋은 날 상하이는 집집마다 빨래를 창밖 건조대에 널어놓는 장관이 연출된다. 건물의 외벽에는 온갖 색상의 이불과 속옷, 옷가지들이 긴 장대에 꼬치구이처럼 걸려 펄럭거린다. 이곳 사람들은 마음만 먹으면 옆집 사람이 어떤 속옷을 입고 어떤 이불을 덮었는지 확인할 수 있는 것이다.

빨래를 너는 공간이 건물 외벽의 건조대에만 머무르는 것은 아니다. 날씨 좋은 날이면 길거리 가로수 사이는 빨랫줄로 연결되고, 거기에도 어김없이 속옷과 이불이 널린다. 고급 아파트도 사정은 마찬가지여서, 1층의 정원수는 양말과 속옷이 알록달록 널려 있는 크리스마스트리가 된다.

습도가 높은 기후와 베란다가 없는 건축 양식 때문에 이러한 관습이 생겼다고는 하지만, 처음 이런 풍경을 접한 여행객들은 사뭇 큰 충격을 받고 카메라를 꺼내든다. 그 다음 순서는? 자신도 모르게 널려 있는 빨래에 대한 품평을 시작한다. 저 이불은 덮고 자기에는 너무 낡았는데, 저건 구멍이 났고……

널려 있는 빨래는 인간의 몸, 정확히는 개인의 신체가 들어 있던 공간의 기억이다. 장대에 걸려 본의 아니게 '전시된' 옷을 본다는 것은 그 사람이 쓴 일기를 훔쳐본 것과 같은 묘한 감정을 불러일으킨다. 영혼과 육체는 빠져나갔으나 그 사람의 시간과 공간이 통과한 흔적이라는 점에서 옷과 글은 유사하다. 그런 점에서 거리에 널려 있는 빨래는 일종의 지극히 사적인 일기이고, 거리는 사적 기록이 전시된 도서관이 된다. 사적인 일기들이 서가에 가득 꽂혀 있는 이상한 도서관. (이런 기이한 도서관이 있다면 경계를 넘어선 도발로 받아들여질 것이다.) 빨래가 건물의 외벽과 길거리에 널려 있는 모습을 생경하게 받아들이는 이유는 이 때문이다. 내밀한 개인의 사적 영역이 이렇게 외부로 거리낌 없이 노출된 모습을 보면서, 나는 안팎이 뒤집혔다는 뜻의 'inside out'이란 영어 표현을 떠올렸다.

경계를 나누는 것을 그렇게 좋아하는 중국인들이 외국인들이 공적 영역이라고 생각하는 장소에 빨래를 널어놓는 것을 어떻게 해석해야 할지 모르겠다. 중국인에게 빨래를 너는 행위는 공적인 영역에서 행하는 행위로 범주화되어 있을 수도 있다. 아니면 중국인들은 모두가 사용하는 공적 영역을 사적 영역에 편입시키는 것에 대해 유연한 시각을 가지고 있는지도 모른다.

장을 보러 가는 길. 모퉁이를 돌아 큰길로 나섰더니 전에 보지 못했던 빨랫줄이 길을 막아선다. 그 빨랫줄에는 우리의 우주가 여전히 팽창 중이라는 것을 알려주려는 듯, 원래 크기에서 서너 배는 너끈히 늘어진 것 같은 허름한 빨간색 속옷과 옷가지가 걸려 있다. 여전히 낯선 이 풍경을 보면서 'inside out'이라는 표현을 다시 떠올린다. 그러다 영어 숙어 중에서 'know someone inside out'이라는 표현이 있다는 것을 깨닫는다. 누군가를 까뒤집은 듯 속속들이 다 안다는 뜻이다.

중국이라는 나라를, 상하이란 도시를 까뒤집어놓은 듯 모두 이해할 수 있을까? 불가능할 것이다. 내가 나를 모르는데 난들 너를 알겠느냐. 그래서 수수께끼는 수수께끼로 남겨두기로.

창밖에는 여전히 빨래들이 펄럭이고 있다.

마오의 나라에서
햄버거를 먹다

비행기 한 편이 사라졌다.

상하이 푸둥공항에서 칭다오행 동방항공 탑승 수속을 기다릴 때였다. 진동음과 함께 스마트폰 화면에 다음과 같은 메시지가 떠올랐다.

"중요! 예약 항공편 취소 안내"

예약할 때 뭔가 잘못한 건가? 뭔가 싸한 느낌이 목덜미를 타고 올라왔다. 그리고 그 느낌과 함께 내가 저지른 수많은 어리석은 짓의 목록 중 하나가 같이 딸려왔다. 그 기억을 펼치자 몇 년 전 광주역에서 아무도 기다리지 않는 기차를 혼자서 묵묵히 기다리고 있는 남자의 모습이 보였다. 이 우둔한 남자가 저지른 잘못이란 오전 6시 기차를 오후 6시 기차로 착각해서 예약을 한 것이다. 설마 내가 또? 식은땀이 났다. 급하게 여행사에서 보내온 메일을 열었다. 다행인지 불행인지 내 탓은 아니었다.

"항공사 공지에 따라 예약 항공편이 취소되었음을 알립니다."

그런데 이건 무슨 말이지? 출발 한 시간 전인데, 결항도 연기도 아닌 취소라니? 그것도 항공사의 공지에 따라? 난 취소한 적이 없는데? 무슨 일인지 도무지 짐작이 가지 않았다. 날씨가 맑았기 때문에 기상 사정으로 인한 취소는 분명 아니었다. 뭔가 착오가 있을 거야. 내가 꾸물대지 말고 좀 더 일찍 수속을 했어야 했는데. 이런 생각을 하고 있을 때 수속 카운터에서 직원과 얘기를 하던 남자가 황당한 표정을 지으며 자신의 캐리어를 끌고 나가는 장면이 보였다. 불길한 예감은 점점 현실이 되고 있었다.

드디어 내 차례가 오고, 나는 구명줄 같은 예약 사이트

앱의 항공편 예약 내역을 여권과 함께 수속 카운터 직원에게 내밀었다.

"Sorry, it's canceled."

무슨 일인지 묻는 내 질문에 직원은 난감한 표정으로 답했다. 그 직원이 해준 유일한 대답은 항공권 판매 카운터로 가서 문의하라는 말뿐이었다.

항공권 판매 카운터에는 이미 많은 사람들이 서로 엉켜 붙어 줄을 서고 있었다. 해외 공항에서 항공편이 연착되자 중국 국가를 부르며 극렬하게 항의했다는 중국인 관광객에 대한 뉴스를 몇 차례 접한 적이 있기에 비슷한 광경이 펼쳐지려니 여겼다. 사실, 애국가를 부를 생각은 없었지만, 내심 나를 대신해 그런 항의를 해주는 이가 있기를, 어떻게 보면 지극히 한국적인 풍경이 펼쳐지기를 기대하고 있었다고 말하는 것이 더 정확하겠다.

그러나 기대와 달리 여기저기 전화를 거는 사람들은 있어도 항의를 하거나 목소리를 높이는 이는 하나도 없었다. 주변에 귀를 기울여봐도 알아들을 수 있는 소리란 "진텐(오늘)"과 "메이요(없다)"라는 말뿐이었다. 무슨 일이 있는

지는 모르겠지만 오늘은 표가 없다는 뜻이겠구나. 그래, 오늘은 없다. 그럼 내일도 없고. 그렇다면 모레도 또한. 이렇게 2박 3일간의 칭다오 여행 일정은 조금씩 녹아 없어지고 있었다.

이미 티켓팅을 끝낸 후에 연락을 받았는지 대부분의 사람들은 비행기표를 내밀고 환불 보증 영수증을 받은 후 조용히 자리를 떴다. 이 놀랍도록 차분한 승객들은 다섯 시간 정도 걸리는 고속철도 대신 세 배나 더 비싼 돈을 들여 한 시간 45분쯤 걸리는 항공편을 택한 사람들이었다. 이를테면 나를 포함한 승객들은 돈을 들여 시간을 산 셈이다. 나같은 경우, 그 시간이란 2박 3일의 칭다오 여행이었다. 그런데 그 시간이 갑자기 영문도 모른 채 사라지게 된 것이었다.

자본주의에서 시간은 가장 귀중한 재화 중 하나가 아닌가? 그 귀중한 재화를 잃었음에도 불구하고 승객들은 전혀 항의를 하지 않았다. 항공사 직원들 또한 무슨 일인지 설명이나 사과를 하지 않았다. 그저 기계적으로 비행기표를 주고 영수증을 받아가는 모습만 반복되고 있었다.

비행기표가 없는 나는 내가 칭다오행 비행기를 타려 했다는 유일한 증거인 여행사 예약 어플리케이션을 켜고 내 예약 내역을 다시 확인했다. 그런데 방금 전까지만 해도

어느 언어학자의 문맹 체류기

있던 예약 내역은 이미 깨끗이 사라지고 없었다.

군말 없이 환불 영수증을 받으려 줄을 서 있는 사람들. 이제는 깨끗하게 사라져버린 항공편. 그 항공편을 타려 했다는 증거도 없이 서 있는 나. 그 풍경 속에서 나는 문득 이곳 상하이, 중국이 여전히 마오(마오쩌둥, 毛澤東)의 나라임을 깨닫는다. 그리고는 며칠 전 찾았던 정안사靜安寺 근처의 낯설고도 기묘했던 몇몇 풍경을 떠올렸다.

☆

상하이에서 가장 오래된 절이자 문화대혁명 때 플라스틱 공장으로 쓰였던 우여곡절이 있는 절. 나름의 사연이 있는 곳이기는 하지만 사실 정안사를 찾는 것은 별로 내키지 않았다. 황금색 불사를 자랑하는 화려함이 오히려 거부감을 불러일으켰기 때문이다.

막상 지하철 역사 밖으로 나와 확인한 정안사는 사진으로 봤던 것보다 훨씬 거대했다. 사찰의 담은 성벽이라는 말이 차라리 더 잘 어울렸다. 이를테면 정안사는 절이 아니라 압도적인 규모로 성 밖의 침입자들의 기를 죽이는 위풍당당한 성이었다. 저 성 안으로 들어간다고 해서 '맑고 고요

한 마음의 평화, 정안靜安'을 얻을 수는 없을 것 같았다.

그래도 한 번은 안을 들여다봐야 할 것 같아서 매표소를 찾았다. 입구 옆에 있는 창문 크기의 사각형 구멍 위로 50위안이라고 쓰인 것이 눈에 보였다. 나는 허리를 굽혀 사각형 안의 보살님에게 질문을 했다.

"즈푸바오 커이 마?(전자페이로 결제 가능한가요?)"

나의 중국어 질문을 받은 보살님은 짧고 단호한 영어로 답했다.

"No."

하긴, 한국의 사찰에서도 현금을 가진 중생만 입장시키지. 지갑을 들고 나오지 않아 갈 곳이 사라진 이 어리석은 중생은 이제 어디로 가야 하나이까? 현금 극락, 전자페이 지옥의 현실 앞에서 잠시 고민을 하던 나는, 카프카의 작품 《성》의 주인공 'K' 흉내를 내기로 했다. 어차피 들어가지 못하는 황금성이 눈앞에 있으니, 성벽의 주위를 K처럼 빙빙 걸어보기로 한 것이다.

입구를 지나 모퉁이를 돌자 다이아몬드 광고가 내걸린 보석 가게가 나타났다. 예상치 못한 모습이었다. 정안사의 성벽은 그냥 성벽이 아니라 명품 가게와 고급 식당이 들어서 있는 일종의 아케이드 쇼핑몰이었다. 사람들은 여기서 물건을 사고 마음의 평안을 얻는 것일까. 절을 한 바퀴 돌면서 정안사의 진짜 맨 얼굴은 성벽 내부가 아니라 외부일 수도 있다는 생각이 들었다. 쇼핑하는 자에게 열락의 기쁨이 있을지니.

또 한 번 모퉁이를 돌아 조금 더 걷다 보니 이번에는 진짜 백화점이 나왔다. 백화점 앞에 있는 대형 조형물을 살펴보았다. 특이하기는 했지만 그 조형물은 내가 애초에 찾던 게 아니었다. 정안사와 함께 내가 이곳에 오면서 반드시 찾으려 했던 숨은 그림 찾기의 조각은 따로 있었다. 그것은 바로 '시간의 고귀함nobility of time'이었다.

시간의 고귀함. 살바도르 달리가 단 두 점만 주조했다는 녹아내리는 시계 모양의 조각상. 그중 하나는 영국 런던에, 나머지 하나가 이곳 상하이의 릴몰Réel mall이라는 아트 백화점 앞에 있다. 다시 주변을 돌아보았다. 백화점처럼 보이는 곳이 한둘이 아니었다. 횡단보도를 넘어갔다가 다시 돌아오기를 몇 차례 반복했다. 저 가운데 릴몰은 어느 것일까. 백화점 5층에서 정안사가 보인다는 힌트를 떠올리고 다시 정안사 근처로 발을 옮겼다.

6분, 7분쯤 걸었을까. 횡단보도 건너편 광장에 서 있는 시계를 발견했다. 시계는 1시 반에 멈춰져 있지만 그 시간은 녹아내리고 있었다. 그러나 실제로 가까이에서 조각상을 살펴보았을 때 그닥 큰 감흥은 느낄 수 없었다. 살바도르 달리의 손길이 직접 닿은 작품이라는 것이 유일한 위안이랄까.

감흥이 없었던 이유는 녹아내리는 시계의 이미지를 너무나 많이 봐왔기 때문이었다. '데페이즈망dépaysement', 원래 사물들이 존재하는 맥락에서 그 사물을 '추방' 또는 들어내어 전혀 생각하지 못한 상황에 편입시킴으로써 새로운 인식을 불러일으키는, 소위 '낯설게 하기' 기법. 데페이즈망에 기반한 이 작품의 시계 이미지는 더 이상 낯설지 않을 뿐만 아니라 심지어 이제는 익숙한 클리셰가 되어버렸다. 초현실주의를 대표한다고 회자되는 이 이미지는 절대적인 시간과 공간은 없다는 현대 물리학의 가르침을 그대로 표상한, 지극히 리얼리즘적인 작품처럼 보이기도 한다.

이렇게 살짝 실망한 내가 조각상을 찍으려 할 때, 스마트폰 화면 안으로 들어오는 한 남학생이 있었다. 아니, 자세히 보니 남학생이 아니었다. 짧은 머리의 여자였다. 한눈에 봐도 부랑자임에 분명한. 그녀는 오른손에는 빨간 꽃을, 왼손에는 부러진 담배 한 개비를 들고 있었다. 잠시 기다려 뷰파인더에서 여자가 사라지기를 기다렸다. 그러나 여자는 사라지지 않았다. 꽃과 부러진 담배를 든 여자는 시간을 거슬러 올라가려는 듯 '시간의 고귀함'을 반시계 방향으로 계속 돌고 있었다.

부랑자 여자로 인해, '시간의 고귀함'은 다시금 초현실주의 작품의 성스러움을 가지게 되었다. 사회주의 국가 중국의 상하이. 그 상하이에서 예술을 테마로 하는 최고급 백화점 앞. 그 앞에 놓여 있는 20세기 유럽 최고의 초현실주의 작가의 작품. 그리고 꽃과 부러진 담배를 들고 그 작품을 경배하듯 돌고 있는 사회주의 국가의 부랑자. 각자의 맥락에서 '추방' 또는 '탈주'한 것들의 모임이 만들어내는 기묘한 조화.

나는 그렇게 '초'현실을 보았다.

여자가 '시간의 고귀함' 뒤편으로 사라진 틈을 타 사진을 찍고, 나는 릴몰 안으로 들어갔다. 백화점에서 늦은 점

어느 언어학자의 문맹 체류기

심을 해결한 후 한 시간 뒤, 다시 '시간의 고귀함'을 찾았을 때, 여자는 여전히 '시간의 고귀함'을 돌고 있었다. 땡볕 아래에서 묵묵히 녹아내리는 시계를 돌고 있는 이 순례자를 보고 있자니 물음을 던지고 싶어졌다.

당신은 어떤 시간에서 추방됐습니까?
아니면 탈주했나요?

멀찌감치 떨어진 후 나는 조심스럽게 '시간의 고귀함'과 함께 순례자의 모습을 사진에 담았다. 부디 당신의 마음에 평화의 시간이 찾아오기를.

지나가던 늙은 남자가 '시간의 고귀함' 옆에 있던 여자의 종이 가방을 뒤적였다. 여자는 소리를 질렀고 둘 사이의 실랑이가 벌어졌다. 그들을 뒤로 한 채 나는 난징시루南京西路 쪽으로 걸음을 옮겼다.

릴몰을 뒤로하고 횡단보도를 건넌 후 얼마 되지 않아 눈앞에 또 다른 백화점이 나타났다. 릴몰과는 사뭇 다른 분위기를 풍겼지만 이 백화점 역시 최고급 백화점이었다. 화장실이나 들를 겸 구경이나 하고 갈까? 어차피 오늘 방랑의 주제는 정안사가 아니라 쇼핑몰인 것 같으니.

백화점 입구로 들어갈 때 내 시선을 끄는 두 여자가 있었다. 두 여자가 내 시선을 끈 것은 그들의 걸음걸이 때문이었다. 그 걸음걸이는 내가 지금까지 쇼핑몰에서 마주친 수많은 사람들에게서는 한 번도 본 적 없는 것이었다. 아날로그인 그 걸음걸이가 얼마나 특이했는지 설명하기 위해서 부득이하게 엉터리로 의미소 분석이라는 걸 해보겠다. 그 걸음걸이를 의미소 분석하자면 [+당당함], [+자유로움], [+거침없음], [+가벼움], [-주저함], [-낯설음], 기타 등등. 기타 등등. 어차피 엉터리니까 의미소 분석으로 그들의 걸음걸이를 설명하는 것은 포기하자.

　　백화점 안으로 들어가자마자 그들은 입구 근처에 있는 명품 가방 가게로 망설임 없이 직진했다. 가게 안 직원은 그들이 단골손님인 듯 자연스러운 미소로 그들을 맞이했다. 그 모습을 보자 걸음걸이의 비밀이 풀렸다. 아, 이제 보니 그런 걸음을 용돈을 받고 드디어 자신이 원하는 장난감을 사러 직진하던 어린 아들 녀석의 뒷모습에서 본 것도 같다.

　　그들의 걸음걸이에 비해, 아무것도 살 것이 없음에도 백화점 안으로 진입한 나의 모습은 [+어슬렁거림], [+두리번거림], [+있는 척 함], [+마음에 들면 당장이라도 물건을 살 것 같은 표정], [+돈이 없어도 꿀리지 않겠다는 당당함],

[+급하지만 너무 대놓고 화장실을 찾지 않는 가장된 여유] 등으로 이루어져 있었다.

이런 의미소들을 장착하고 백화점 2층을 배회하던 내게 백화점의 거대한 통유리창 너머의 광경이 들어왔다. 시원하게 뚫려 있는 통유리창의 전면을 가득 채우고 있는 풍경은 오래됐지만 깔끔하게 정리되어 있는 2층 목조 건물의 모습이었다. 목조 건물의 주변은 또 다른 고급 백화점과 빌딩으로 빈틈없이 포위되어 있었다.

다른 행성에 불시착한 우주선처럼 보이는 그 목조 건물에 자꾸 눈이 갔다. 저 건물은 무엇일까. 왜 이 백화점은 여기에 거대한 통유리창을 설치해 저 광경을 볼 수 있게 만들어놓았을까. 오후 4시, 하얀 와이셔츠를 차려입은 직원들이 목조 건물 앞의 안내판을 정리하는 것이 보였다. 그제서야 그 목조 건물의 정체가 파악됐다. 그리고 나는 잠시 충격에 빠졌다. 그 주택은 다름 아닌 1920년, 공산주의로 전향하던 시기에 20대 후반의 마오쩌둥이 거주했던 집이었던 것이다.

마오쩌둥. 중국 인민에게 해리포터이자 동시에 볼드모트였던 사내. 혁명가, 정치가, 전략가, 군인, 황제, 문인, 대륙의 별, 슈퍼스타, 배신자, 학살자, 냉혈한, 호색한…… 거의 모든 이름을 가졌던 남자. 저 집에 살던 젊은 남자는 1년 후 다른 열두 명의 공산주의자와 함께 지금 상하이 신톈디新天地에 위치한 한 집에서 중국 공산당 1차 당대회를 열게 된다.

이 당대회의 말석에 겨우 앉아 있던 마오는 40여 년 후, 자신의 말을 절대적으로 신앙하는 청소년들의 슈퍼스타가 된다. 한데 이 슈퍼스타는 자신의 동료들에게 배반당했다고 느끼고 있었다. 자신의 실책 때문에 인민이 굶주리게 되었다고 비판하는 자들, 그러면서 자본주의를 힐끔거리는 자들, 그들을 있게 한 수많은 과거들. 그는 모든 것을 깨끗이 지운 백지 상태에서 다시 자신의 붉은 혁명을 완성하고 싶었다.

슈퍼스타의 팬들은 그의 마음을 읽고 스스로 그를 지키는 붉은 위병이 되어 세상을 뒤집고 불 지르기 시작했다. 문화대혁명이라고 불리는 이 희대의 대소동은 팬들에 대한 슈퍼스타의 배신으로 서서히 진정되다가 결국 슈퍼스타 자신의 죽음으로 막을 내리게 된다.

그 집이 마오쩌둥의 옛집이라는 사실을 깨닫자 백화점의 통유리창은 내게 시간을 거슬러 오르게 만드는 벌레 구멍이 되었다. 이 벌레 구멍을 나가면 공산주의로 전향하던

시기의 젊은 마오가 있을 것이다. 이 젊은 마오는 자신이 열두 명의 공산주의자와 함께 중국 공산당을 만들게 되리라는 것, 그리고 열세 명 중 최후에 살아남는 마지막 두 명이 되리라는 것, 자신의 말 한마디 한마디에 열광하는 팬들을 거느린 슈퍼스타가 되리라는 것, 그가 원하든 원하지 않든 그의 말이 거대한 에너지가 되어 세상을 움직일 것이라는 것, 그리고 그 에너지 중 일부는 수많은 사람을 세상에서 지워버리는 데 쓰일 것이라는 것을 모를 것이다.

역으로, 이 벌레 구멍을 통해 과거의 마오가 고급 백화점으로 둘러싸인 자신의 옛집을 바라본다면 어떨까? 마오가 받는 충격은 원숭이 혹성에서 겨우 탈출하여 지구로 돌아왔는데, 그 지구가 유인원이 지배하는 세상이 된 것을 발견하는 영화 〈혹성탈출〉의 주인공이 느끼는 충격과도 유사하지 않을까. 어쩌면 자본에 취해 당당한 걸음걸이로 명품 숍으로 향하는 사람들이 동시에 자신을 추앙한다는 사실에 혼란스러워할지도 모르겠다.

고급 백화점 안에서 바라보는 마오쩌둥의 옛집은 데페이즈망, 그 자체였다.

★

긴 기다림이 끝나고, 드디어 내 차례가 돌아왔다. 항공권 판매 카운터에 앉아 있는 직원에게 무슨 일인지, 왜 아무도 설명을 해주지 않는지 등등을 물어보았다. 직원의 대답이 돌아오면, 출발 한 시간 전에 이렇게 일방적으로 항공편을 취소시키는 게 어느 나라 법이냐, 대안은 없느냐, 보상금은 지급이 되느냐 등등을 따져 물을 계획이었다. 내 인적 사항을 조회하던 직원은 무심한 듯 동시에 시큰둥한 표정으로 대답했다.

"Goverment."
"Goverment?"
"Yes, Goverment."
"……"

가버먼트. 정부. 이 한마디로 같이 줄을 섰던 사람들의 반응이 설명되었다. 항공사에서 취소한 게 아니다. 정부의 명으로 항공사가 칭다오행 항공편을 취소한 것이지. 이유? 정부, 더 정확히는 당의 일이니 그걸 어떻게 알겠는가. 이곳

어느 언어학자의 문맹 체류기

은 여전히 마오의 나라인 것이다. 마오의 말은 여전히 강력한 중력을 가지고 이 나라를 지배하고 있다. 이 나라는 마오의 욕망과 자본주의를 내재화한 인민의 욕망이 끈끈하게 엮여 서로 복화술사처럼 대화하는 곳이다.

'가버먼트'라는 말에 일격을 당해 준비한 질문을 못한 내게, 직원은 다시 덤덤한 어조로 오늘 안에 이용할 수 있는 칭다오행 비행기는 없으며, 제일 빠른 항공편은 내일 오후 8시라고 말해줬다. 뭐라 따지려 했지만 다시 '가버먼트'라는 말이 떠올랐다. 나는 그냥 환불을 보증하는 영수증 한 장을 들고 터덜터덜 카운터를 빠져나왔다.

아침을 거르고 나온 나는 공항 내 맥도널드에 앉아 '가버먼트'를 중얼거리며 여행 일정을 하나씩 취소했다. 그렇게, 마오의 나라에서, 나는 오랜만에 햄버거를 먹었다.

소리로 지은 박물관

범식이네

　어디선가 늙은 남자의 기침소리가 난다. 그 소리를 따라가본다. 벽에 작은 구멍이 나 있다. 실눈을 뜨고 구멍 안을 살펴보지만 아무것도 보이지 않는다. 대신 작은 구멍에 귀를 갖다 댄다. 희미하게 소리가 들린다. 문을 여닫는 소리, 라이터를 켜는 소리, 재떨이를 끌어서 옮기는 소리.

　그 소리들에 귀를 기울이면,

　범식이 아버지의 인기척 소리와 함께 라디오가 켜진다. 뚜. 뚜. 뚜. 뚜. 시그널 음이 울리고, 이어서 라디오에서는 실로폰으로 천천히 연주되는 '고향의 봄'이 흘러나온다. 새벽 6시구나. 잠결에 듣는 '고향의 봄'은 몽환적이다. 그 속에서 놀던 때가…… 일곱 살의 어린 나는 다시 스르륵 잠이 든다.

라디오가 들려오는 창호지문 저편은 주인집인 범식이네 집이다. 그리고 창호지문 이쪽 편은 우리 집. 정확히는 다섯 식구가 몸을 붙이고 자는 셋방이다. 셋방 안의 모습은 잘 보이지 않는다. 셋방에서 보이는 것은 '고향의 봄'이 새어 나오는 창호지문뿐이다. 꿈결에 고향의 봄을 들으면서, 문간을 넘어오는 온갖 소리를 들으면서, 나는 창호지문 저편을 궁금해한다. 범식이네 집은 얼마나 넓을까? 어떤 물건들이 있을까?

소리로 지은 박물관

인민광장에 위치한 상하이박물관으로 가는 지하철 안. 무료해진 나는 핸드폰을 열어 팟캐스트 방송 목록을 찾아본다. 다운로드한 방송 목록 중에서 낯선 프로그램 이름이 하나 들어 있다. '거짓의 거짓은 거짓: 발칙한 예술에 대한 르포르타주'.

　뭐지? 전혀 기억이 안 나지만 전에도 들었는지 이어듣기를 할지 묻는 메시지가 뜬다. 그렇게 우연히 듣게 된 한 팟캐스트 방송에서는 희한하게도 상하이의 박물관에 대한 이야기가 흘러나오고 있다. 인공지능이 내 생각까지 읽은 걸까? 약간 무서운 걸? 나의 얼떨떨함과는 상관없이 '크레타인'²이라는 닉네임의 방송 진행자는 초대 손님 '나도 크레타인'과 티격태격 말을 주고받고 있다.

　"소리로 지은 박물관이 있다고? 그런 게 어디 있어?"
　"아니, 이 사람이, 사람에 대한 믿음이 그렇게 없어서 쓰나?"
　"믿을 사람을 믿어야죠."
　"〈화양연화〉라는 영화 아시죠? 그 영화 마지막 장면이 뭔지 아세요?"

2　크레타섬에 살던 사람. 기원전 6세기경 크레타섬 출신의 시인이자 예언자인 에피메니데스가 "모든 크레타인은 거짓말쟁이다"라는 유명한 말을 남겼다. 특별히 이상할 것 없는 말이지만 에피메니데스 자신도 크레타인이어서, 참이라고 하면 거짓이 되고 거짓이라고 하면 참이 되는 결과를 낳아 '거짓말쟁이 패러독스'라고 불리며 오랫동안 사람들의 관심을 끌었다.

그 장면이라면 나도 잘 알고 있다. 앙코르와트 한 사원. 주인공 양조위는 벽에 난 작은 구멍에 자신의 비밀을 이야기하고는 진흙으로 그 구멍을 막아버린다. 그 구멍 속으로 소리는 사라지고, 그렇게 그의 이야기, 그의 비밀은 영원히 봉인된다.

"벽에 입 대고 이야기하는 거요? 그거 양조위가 하니까 멋있었지. 나 같은 사람이 하면 다들 미쳤다고 할 거야."

"에휴, 좀 진지해져봐요. 인간이 이렇게 초를 쳐. 암튼, 중국의 저명한 설치미술가 쉬거우Xugou 아시죠? 요셉 보이스Joseph Beuys와 백남준, 데미안 허스트Damien Hirst의 계보를 잇는다고 평가받는 작가."

"모르겠는데요."

"그럼 그래피티 아티스트 뱅크시Banksy는 아시죠. 영국에 얼굴 없는 작가 뱅크시가 있다면 중국에는 쉬거우가 있죠. 어어? 이것도 모르시나봐? 모르면 간첩인데?"

"그래, 내가 간첩이다 왜?"

"아니, 왜 이러실까? 아무튼 얘기 계속하죠. 이 사람이 2016년에 인터뷰를 했는데 그 인터뷰에서 〈화양연화〉 마지막 장면을 보고 '소리로 지은 박물관'이란 컨셉을 생각해냈다고 말했어요. 그 자리에서 이런 말도 해요. '소리를 쌓아 바닥을 다지고, 소리를 높여 벽을 세운다筑声成地 扬声立壁.'"

"아니, 그게 무슨 소리예요?"

"소리로 공간을 만든다는 겁니다. 소리로 만든 공간은 눈으로 만들어내는 공간보다 더 생생하게 공간을 체험하게 만들죠."

"그럼 일종의 가상 현실이라고 생각하면 되나요?"

"그렇죠. 꼭 빛으로만 가상 현실을 만들라는 법은 없잖아요. 생각해보세요. 불과 150여 년 전까지만 해도 '소리를 물건에 담아서 판다'는 소리를 하면 미친 사람 취급을 받았을 겁니다. 하지만 1887년에 축음기와 음반이 발명되었고, 그 이후에 우리는 거리낌 없이 소리를 사고 팔 수 있게 되었죠. 소리로 지은 박물관도 마찬가지예요. 가상 현실은 시각적으로만 구현될 수 있는 것은 아닙니다. 음의 압력, 미세한 진동으로도 충분히 구현할 수 있어요."

"그럼 소리로 지은 박물관에서 전시하는 소장품은 뭡니까?"

"소리들이죠. 우리가 놓쳐버린, 누구도 주목하지 않는 소리들. 하지만 진작 사라지면 진공 상태에 빠져버리게 만드는 소리들."

"우와, 그럴싸한데요. 조금만 더 설명해봐요. 잘만 하면 넘어갈 것 같아."

"아니, 믿으라니까. 그런데 이 '쉬거우'란 사람이 이 프로젝트를 시작하기 전에 이런 선언을 합니다. '21세기에는 새로운 스탕달 신드롬이 필요하다. 나는 새로운 스탕달 신드롬을 창조할 것이다.'"

"오호, 완전 패기 넘치는데요."

"그런데, 거기에다 이런 말도 덧붙여요. '나는 이제 소리로만 남을 것이다.'"

"이건 또 무슨 소리야. 근데 그런 말을 해서 실종된 건가?"

"아니, 아까는 쉬거우에 대해서 모른다면서요?

"모르긴 뭘 몰라. 저 그렇게 무식하지 않아요!"

"아이고, 그냥 방송 진행합시다. 쉬거우에 대해서는 실종설, 납치설, 은둔설 등 갖가지 설이 난무하지만 정확한 것은 아무도 모릅니다. 21세기 현대미술계 3대 미스터리인 쉬거우의 실종에 대해 알려진 정확한 사실은 이거 하나죠. '쉬거우는 세상에서 완벽하게 사라졌다.'"

"하지만 소리로 지은 박물관이 여기저기 출몰한다면서요?"

"그렇죠."

"그럼 사라진 것은 아니네?"

"사라졌지만 사라지지 않았다고 하는 건 어떨까요?"

두 사람의 말에 슬슬 구미가 당긴 나는 인터넷 검색창에 '쉬거우'란 이름을 쳐본다. 하지만 쉬거우라는 이름은 보이지 않는다. 정말로 완벽하게 사라진 건가?

"아, 근데 궁금한 게 생겼어. 나머지 2대 미스터리는 대체 뭐유?"

"살고 싶으면 그 입 다무쇼."

"으허허, 알았어, 알았어. 근데 그거 다 쇼 아니에요? 일종의 노이즈 마케팅 같은?"

"실종 이후에 더 큰 주목을 받았다는 점에서 어느 정도 맞는 말이기도 해요. 어찌 되었건 결과적으로 '소리로 지은 박물관'은 쉬거우의 마지막 프로젝트가 되어버렸죠."

"그래서 그게 상하이에 있다고요? 아무튼 상하이에서 볼 수 있는 거죠?"

"보는 게 아니라 들을 수 있습니다. 앞서 말씀드렸다시피 소리로 지은 박물관은 실험 예술 프로젝트예요. 일단 소리로 설치했기 때문에 이 박물관은 보이지 않습니다."

"뭐야. 이 사람 완전 사기꾼 아니야? 소리를 어떻게 설치해? 얘기 들어보니깐 완전 벌거벗은 임금님하고 똑같구만."

"그게 다가 아니에요. 장소도 여러 박물관과 미술관 안에 숨겨져 있어요. 작가는 그 장소가 어디인지 밝히지도 않았어요. 심지어 장소는 끊임없이 변경됩니다."

"에이, 뭐 포켓몬고 게임이야? 그리고 보이지도 않는다니, 그럼 어쩌라는 거야?"

"그래서 오늘 우리가 이 방송을 준비한 거 아닙니까? 인터넷상에 사람들이 소리로 지은 박물관에 대한 목격담, 아니 경험담을 종종 올리는데요, 오늘은 그 경험담 속에 자주 등장하는 장소가 어디인지 말씀드리겠습니다."

"어디에서 많이 목격, 아니 경험되는데요?"

"주로 세 군데가 많이 거명되는데, 그중 하나는 상하이 박물관입니다."

만들어낸 기억

박물관이나 미술관으로 오는 사람들은 모두 스탕달 신

드롬을 기대한다. 그들을 전율케 하는 운명적 작품이나 유물을 만나기를, 그래서 무릎의 힘이 빠지는 무아지경의 황홀경이 찾아오기를.

누구나, 박물관이나 미술관 안으로 들어올 수 있는 물건과 그렇지 않은 물건은 다르다는 것을 알고 있다. 신데렐라 이야기에서 요정은 누더기 옷을 최고의 드레스로, 호박을 마차로, 생쥐를 말로, 시궁창 쥐를 마부로, 도마뱀을 시종으로 변신시킨다. 박물관은 그런 요정의 역할을 한다. 박물관 안으로 들어올 수 있는 물건들은 '시선'을 가질 수 있는 권리, 다르게 '기억'될 권리를 얻게 된다. 그렇지 않다면? 어떤 이가 경탄해 마지않은 작품이 있다고 치자. 이 사람이 같은 작품을 박물관이 아닌 길거리 이발소나 작은 선술집에서 만난다면, 그는 그 작품에 아무런 관심을 보이지 않을 가능성이 크다. 이를 달리 말하면 관람객들이 박물관에 진입하는 순간, 관람객들은 요정의 마법에 걸리게 된다는 뜻이다. 결국 박물관은 관람객들에게 유물이나 작품에 대해 경탄의 감정을 준비하게 하는 맥락을 제공하는 셈이다.

나 또한 그러했다. 중국의 3대 박물관이라는 상하이박물관. 12만여 점의 전시물과 100만여 점의 '선택'받은 유물을 보유한 박물관. 특별히 찾는 것은 없었지만, 이런 진귀한 유물과 작품들 사이에서 나는 나의 영혼을 감전시킬 유물이 있기를 바랐다.

그러나 박물관 밖에서부터 길고 긴 줄을 선 후, 그리고 어김없이 나타나는 보안 검색대를 통과한 후, 관람을 위해 또다시 서다 가다를 반복하면서 결국 내가 깨닫게 된 것은, 내가 이 수많은 관람객들과 함께 '누가 더 진지한 표정으로 오래오래 서 있나' 대회에 참가하고 있다는 사실이다.

이 대회에 참가하다 보면 무릎에 힘이 풀리는 감동과 경탄을 경험하게 되는 것이 아니라, 자신의 육체가 얼마나 보잘것없는지를 가감 없이 느끼게 된다. (그런 의미에서 박물관 관람은 등산에 비견될 수 있다. 세계 각지의 박물관에 등산복을 입은 한국인들이 출현하는 이유는 다 깊은 뜻이 있는 것이다.) 관람객들은 자신이 육신을 가진 인간이라는 것을 인식하면서 전시물들을 바라본다. 아무런 감정의 동요도 일어나지 않는다. 이윽고 눈앞의 전시물들은 모두 벌거벗은 임금님이 된다. 아 이게 아닌데, 임금님의 옷이 뿜어내는 아름답고 화려한 자태에 눈이 멀어야 하는데, 이상하게도 불쌍한 신하인 나는 임금님의 옷이 보이지 않는구나. 대신 불충하게도 허리와 다리의 통증만 느껴질 뿐.

이제부터 비밀을 하나 이야기하겠다. 부디 어디 가서

얘기하고 다니지 말기를. 박물관, 특히 국가가 만든 박물관의 기능 중 하나는 관람객들을 지쳐 나가떨어지게 만드는 것이다. 그 이유는? 박물관의 거대함을 알리는 데에는 그것보다 더 좋은 방법은 없기 때문이다.

국가가 기획하고 만든 박물관이나 미술관은 국가의 시간과 공간을 구획하고 재현해놓은 일종의 실물 지도이자, 국가의 공식적인 기억 장치다. 이 기억 장치 안에서 국가는 기억을 분비한다. 박물관의 유물 배치와 동선은 기억의 회로이며, 관람객들이 그 기억의 회로를 따라 움직일 때, 비로소 기억은 완성된다. 관람객들은 이 기억 장치의 한 부속품일 뿐만 아니라 기억 장치가 만들어내는 기억의 일부이기도 하다. 이런 기억들은 모이고 모여 역사학자 베네딕트 앤더슨Benedict Anderson이 말하는 '상상의 공동체'를 만들어낸다.

박물관의 거대함은 단순히 박물관의 규모만 가리키는 것이 아니라 그 박물관을 지은 상상의 공동체(국가)의 거대함과 위대함을 보여준다. 국가라는 상상의 공동체는 박물관을 통해 공동체에서 '상상'을 떼어내고 대신 '실체'를 부여하려 한다. 이 원리는 중국의 상하이박물관이든, 프랑스의 루브르박물관이든, 한국의 국립중앙박물관이든 다 똑같다. 관람객들은 끝없이 펼쳐진 유물과 작품의 바다에서 헤

매다가 지쳐 떨어지고, 박물관의 거대함을 통해 국가의 거대함을 '몸소' 깨우친다. 이제 국가는 상상이 아니라 눈으로 확인하고 몸으로 경험할 수 있는 단단한 실체가 된다. 이렇게 관람객들은 박물관이 만들어낸 기억, 한 국가가 기획한 거대한 서사의 일부가 되어 온 세상으로 흘러든다. 그들은 이렇게 이야기할 것이다. 중국 상하이박물관에는 유물이 정말 많더라. 우리와 비교도 안 되게 긴 역사를 가진 유물들이더라. 중국은 뭘 해도 역시 스케일부터 다르더라.

이런 기억 속에서 사람들은 현대의 중국이 과거의 중국과 동일한 시간과 영토를 가지고 있었다고 상상한다(상하이박물관의 4층 소수민족 공예관에서는 티베트 전통 복장을 입은 마네킹이 서 있다. 나는 그가 고향으로 돌아가지 못하는 인질 같아 괜히 안쓰러웠다).

하지만 이러한 기억들은 박물관에 의해 편집된 것이다. 편집되었다는 것은 기억으로 남지 못하고 잘려나간 것들이 있다는 뜻이다. 그렇게 유물들이 품고 있을 개인의 수많은 역사와 기억은 소거되고, 그 남은 빈자리에 국가의 기억이 이식된다(이런 편집은 비단 국가의 기억에서만 일어나는 것은 아니다. 사람들은 5.18 항쟁 당시 광주 시민들이 '주먹밥'만 먹었다고 생각한다. 그러나 광주 시민들이 나눠 먹은 음식 중에는 토스트도 있었다. 빠르게 만들어 간편하게 먹을 수 있는 음식이었던 까닭이다. 그러나 주먹밥과는 다르게 토스트는 주먹밥이 가진 상징을 얻지 못하고 집단의 기억에서 '편집'되었다).

베네딕트 앤더슨에 따르면 인쇄된 활자들도 박물관처럼 편집을 통해 사람들이 같은 상상의 공동체에 속한다고 믿게 만드는 역할을 한다.

사람들이 같은 공동체에 속한다는 믿음을 가지려면 여러 전제 조건이 충족되어야 한다. 그중 하나는 그 공동체의 사람들이 공동의 언어를 쓰고 말한다는 생각이다. 예를 들어 한국인들은 한국 영토 안에 살고 있는 모든 사람들이 '같은' 한국어를 사용한다고 생각한다. 그러나 실상은 그렇지 않다. 전라도 방언을 쓰는 사람은 [애국인]이라고 말하고, 경상도 방언을 쓰는 사람들은 [살살하다]라고 말한다. 그러나 인쇄된 활자는 [애국인]과 [살살하다]라는 소리를 휘발시켜 '외국인', '쌀쌀하다'라는 단단한 형태로 고정시킨다. 이렇게 '소리를 제거'하는 과정을 통해서 각기 다른 한국어를 사용하던 사람들은 서로 하나의 동일한 한국어를 사용한다고 믿게 된다. 이런 의미에서 인쇄된 수많은 책들은 그 하나하나가 일종의 박물관으로서의 역할을 수행한다.

꾸역꾸역 사람들에 밀려 걸어가며 전시물들을 보던 나는 문득 내 옆에 베네딕트 앤더슨의 영혼이 동행하고 있음을 깨닫는다. 앤더슨의 영혼은 나를 설득하여 이런 결심을 하게 한다. 더 이상은 못 보겠다. 아니, 더 이상은 못 걷겠다. 나는 국가가 분비하는 기억이 되지 않을 테다! 중국이든, 한국이든, 미국이든, 프랑스든, 그 어느 국가의 기억이든.

아니, 내가 박물관에 대해 왜 이렇게 삐딱선을 타고 있지? 앤더슨 씨 저한테 왜 이러시는 거예요? 내가 삐딱선을 타는 이유는 단 하나, 내가 너무 지쳐 있었기 때문이었다. '오래오래 서 있기 대회'에서 최초로 이탈하는 그 순간은 그어떤 걸작도 중요치 않다. 중요한 것은 단 하나. 내가 몸을 기대고 앉을 수 있는 의자뿐.

상하이박물관

상하이박물관 곳곳에 마련된 벤치는 이미 관람객으로 만원이었다. 어쩔 수 없이 나는 경쟁률이 그나마 낮은 박물관 식당으로 들어가 아이스커피와 케이크 한 조각을 시킨 후 매의 눈으로 사람들의 동태를 살폈다. 다행히도 한 일행이 자리를 떴고, 나는 잽싸게 가방을 의자 위로 던져놓고 자리를 잡았다.

아이스커피를 마시며 나는 관람에 도움이 될 만한 것이 있을까 싶어 다시 팟캐스트 방송을 들었다.

"그런데 왜 상하이박물관이죠?"

"박물관에 있는 물건들이 박물관 밖에 있는 물건들과 다른 점이 뭔지 아세요?"

"박물관에 있는 물건은 비싸죠."

"아, 쫌."

"사실이잖아? 현실을 직시합시다요."

"박물관은 소리가 제거된 공간이에요. 전형적인 박물관에서는 어떻게든 관객의 시선을 차지하는 것만이 중요합니다. 쉬거우는 상하이박물관에서 그런 구조에 도전하겠다는 거지."

세상은 소리로 가득 차 있다. 세상의 모든 사물들은 움직이거나, 그 사물을 둘러싼 움직임을 촉발한다. 그 움직임은 소리를 낳는다. 그러니 소리는 움직임, 즉 사물의 본질을 드러낸다. 저기 전시되어 있는 칼들은 살점을 찢어내는 소리, 바람을 가르는 소리를 냈을 것이다. 아까 본 불상들도 본래의 자리에서는 승려들의 염불 소리, 많은 이들의 기도 소리를 들으면서 서 있었을 터였다. 그러나 이제 이 사물들에게 그러한 소리는 허락되지 않는다. 그런 의미에서 박물관의 전시품은 소리를 박탈당한 존재, 그 본질을 박탈당한 존재들이다.

"근데, 상하이박물관에서는 쉬거우의 프로젝트를 왜 허락했나요?"

"누가 허락했대요?"

"응, 이건 무슨 소리야?"

"뱅크시가 허락받고 그래피티 그리는 거 봤어요? 상하이박물관을 비롯한 상하이의 여러 박물관에서는 이런 프로젝트를 인지조차 못하고 있을 거예요. 2005년에 뱅크시는 쇼핑 카트를 밀고 있는 원시인을 돌에 그려 넣은 후 이걸 대영박물관에 몰래 전시한 적이 있어요. 처음에는 아무도 몰라보다가 나중에 발견돼서 큰 화제가 되었죠. 그런 작업과 유사해요. 다른 점은 뱅크시의 작품은 결국 노출이 되었고 크게 이슈가 되었지만, 쉬거우의 경우는 그렇지 않다는 거죠. 쉬거우의 작품은 눈에는 보이지 않고 소리를 듣고 몸으로 느껴야 하기 때문에 잘 노출이 안 돼요. 그래서 뱅크시의 작품보다 이슈화도 안 되고요. 쉬거우가 창시한 '사운드 그래피티sound graffity' 장르를 추구하는 작가들의 숙명이죠. 하지만 저는 그런 의미에서 뱅크시보다 쉬거우를 더 높이 삽니다."

"이거, 이거, 영 믿음이 안 가는데…… 이런 작업을 하려면 음향 장비가 필요할 테고, 그럼 그런 장비들을 들고 몰래 보안 검색대를 통과해야 하는데, 그게 가능해요?"

"아니, 애초에 보이지가 않는다니까. 그게 기술이죠."

여기까지 듣고, 나는 상하이박물관 2층의 도자기관으로 향한다.

사막에서 온 남자

상하이박물관에서 나는 사막을 본다.

저 남자는 사막을 건너왔을 것이다. 쌍봉낙타 위에 올라타 고깔모자를 쓰고 악기를 연주하는 녹색 옷의 남자. 이 서역 남자가 나의 눈길을 끌었듯이, 당나라 수도 장안의 저 잣거리에서 우연히 이 남자와 조우하게 된 당나라 도공도 그에게서 눈을 떼지 못했을 터였다.

당시 외국 상인들이 몰려들어 장을 열던 장안의 서시西市에서 서역인은 흔한 존재였다. 그러나 자연스럽게 낙타 위에 다리를 꼬고 앉아 악기를 연주하는 이 남자의 모습은 다른 서역인들 중에서도 유독 도공의 관심을 끌었을 것이다. 결국 눈썰미 좋은 도공은 서역 남자와 낙타를 도자기의 형상으로 남겼다. 사막을 건너온 남자와 낙타는 이제 1500여 년이라는 시간을 건너게 된다.

1500여 년 전에도 그는 외국인이었겠지만, 1500여 년이 지난 지금도 상하이박물관의 많은 인물상 사이에서 그는 가장 눈에 잘 띄는 외국인이다. 그러나 그것이 내가 이 도자기상 앞에서 발길을 멈춘 유일한 이유는 아니었다.

이 도자기상에 끌렸던 더 큰 이유는 이 남자의 손에 악기가 없었기 때문이다. 남자의 손은 분명 무엇인가를 쥐고 있는데, 어쩐 일인지 악기는 보이지 않는다. 있었던 것이 사라진 것인지, 아니면 본래부터 악기가 없었는지는 알 도리가 없다.

악기가 없는 것이 내게는 결함으로 보이지 않는다. 오

히려 악기가 보이지 않는 것이 더 당연하고 자연스러워 보인다. 악기의 부재는 소리에는 형체가 없다는 사실을 드러내는 것처럼 보이기 때문이다. 소리란 공간에 잠시 존재하지만 이내 시간의 흐름과 함께 사라져버리기도 하고, 사라진 것 같다가도 금세 공간을 채우기도 한다. 나타났다 사라지고, 사라졌다 나타나는 것, 존재하지만 존재하지 않는 것은 모든 마법의 속성이다. 그런 까닭으로 어떤 소리나 음악은 사람들을 홀린다. 소리로 세상의 넋을 빼놓은 이야기는 여기저기 널려 있다. 사이렌의 노래가, 하멜른의 피리 부는 사나이가, 삼국유사의 만파식적이, 모차르트의 마술 피리가 그렇다. 이렇게 남자의 보이지 않는 악기는 잠시 나를 홀리고, 남자의 뒤로 펼쳐졌을 사막을, 그 사막의 소리를, 그 사막의 한 귀퉁이에서 울리던 음악을 상상하게 만든다.

나는 그렇게 상하이박물관에서 사막을 듣는다.

사운드 그래피티

12만 점의 유물을 자랑하는 상하이박물관에서 내가 유일하게 건져온 것은 낙타를 타고 음악을 연주하는 남자

어느 언어학자의 문맹 체류기

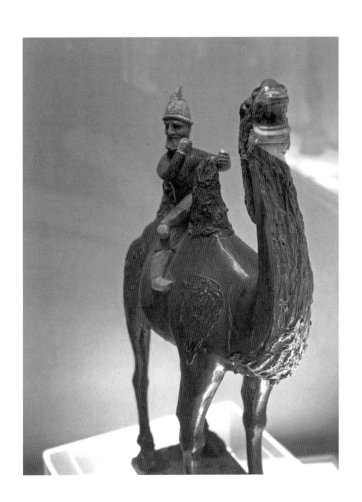

의 도자기상이었다. 스탕달 신드롬까지는 아니지만, 그 도자기상이 온갖 상상을 불러일으켰다는 점은 인정해야겠다. 하지만 소리로 지은 박물관? 그런 게 정말 있기나 할까? 그래도 듣던 방송은 다 들어야겠기에 다시 팟캐스트 어플을 연다.

  "12만 점이 넘는 전시물이 있는 상하이박물관에서 소리로 지은 박물관을 발견한다는 것은 거의 불가능에 가깝지 않나요?"

  "솔직히 까놓고 말해서 불가능에 가깝죠."

  "아니, 그럼 왜 상하이박물관에 가보라고 한 거야?"

  "저는 어디까지나 실제로 소리로 지은 박물관을 경험했다는 이들의 이야기를 전한 것뿐이에요. 제 생각에는 스쿠먼우리샹박물관이라면 쉬거우의 작품을 만날 확률이 좀 높지 않나 생각합니다."

  "스쿠먼우리샹박물관은 뭐 하는 박물관인데요?"

  "스쿠먼은 '돌문', 우리샹은 상하이 말로 '집'이라는 뜻인데요, 말하자면 '돌문 집'이란 뜻을 가지고 있죠. 그냥 연립 주택입니다."

  "연립 주택?"

228   어느 언어학자의 문맹 체류기

"그러니까 스쿠먼이란 유럽 건축 양식과 중국 건축 양식을 결합한 연립 주택을 말합니다. 임시정부청사도 스쿠먼이고, 유명 관광지인 신톈디도 스쿠먼 골목을 뜻하는 스쿠먼 롱탕을 상업 시설로 바꾼 겁니다. 중국공산당제1차전당대회기념관도 스쿠먼입니다. 상하이 옛날 건물은 대부분 스쿠먼이라고 보시면 돼요. 스쿠먼우리샹박물관도 3층 건물에 방이 일곱 개인 주택입니다."

"신톈디나 중국공산당기념관은 청취자 분들이 듣기에 좀 생소하실 것 같아요."

"앞서 말씀드렸지만 신톈디는 기존 스쿠먼 골목을 상업화시킨 곳입니다. 지금 말씀드리고 있는 이야기의 주제인 스쿠먼우리샹박물관도 바로 여기에 있습니다. 신톈디는 온갖 서양 음식과 맥주, 칵테일을 즐길 수 있는 곳으로 세련된 레스토랑, 카페, 바가 모여 있어요. 일종의 노천카페 지역이라고 생각하시면 되는데요, 상하이의 외국인 여행자들은 모두 이곳으로 몰려듭니다. 정말 언제나 바글바글해요. 얼핏 보면 옛날 식민지 조계 시절이 다시 재현된 듯한 느낌까지 듭니다. 그런데, 그래서 이게 좀 더 묘해요."

"묘하다니, 뭐가요?"

"바로 같은 장소에 중국 공산당의 성지가 있거든요."

"아까 말한 중국공산당기념관요? 그런 기념관은 중국 곳곳에 있지 않아요?"

"아니죠. 아까 말씀드린 대로 이곳은 성지입니다. 중국 공산당의 탄생지거든요."

"그런데, 그 옆에서 외국인들이 한가롭게 희희낙락하며 술과 음식을 즐긴다?"

"그렇죠. 그래서 좀 묘하다는 거예요."

"뭔가 상황이 복잡하기는 하지만, 그래도 중국 공산당의 성지가 있는 지역에서 쉬거우가 사운드 그래피티를 한다면 목숨이 왔다 갔다 하지 않을까요? 쉬거우, 이 사람 살아 있기는 한 거예요?"

"에이, 요셉 보이스처럼 죽은 토끼를 안고 토끼에게 그림을 설명한다든지, 백남준처럼 피가 흐르는 소머리를 걸어놓은 것도 아닌데요."

"그래도 낙서는 위험하잖아요. 시리아 내전도 '이제 당신 차례야, 닥터'라는 10대 소년의 낙서에서 시작됐잖아요."

"하긴 사운드 그래피티도 낙서라면 낙서죠. 그런데 쉬거우가 정말 죽었는지 살았는지 누가 알겠어요? 우리는 쉬거우의 얼굴도, 나이도, 성별도 모르는데."

바우어새가 버린 것들

신톈디의 야외 테이블은 만원이었다. 외국인 관광객들은 따사로운 햇볕을 음식과 맥주에 곁들여 즐기고 있었다. 그 옆 중국공산당제1차전당대회기념관 앞에서는 오성기를 든 중국인들의 기념사진 촬영이 한창이었다.

언제나처럼 나는 목적지를 못 찾고 헤매고 있었다. 여행 서적에서 보여준 지도에서 스쿠먼우리샹박물관을 나타내는 점은 분명히 신톈디를 나타내는 점과 나란히 찍혀 있었다. 그 점을 찾아 신톈디를 세 번째 돌고 있었지만 박물관처럼 보이는 건물은 보이지 않았다. 다시 신톈디 입구에서 에잇, 아무 가게나 들어가서 맥주나 들이키자, 라는 생각이 떠오를 때쯤 눈앞에 왠지 만만해 보이는 경비원이 나타났다.

박물관의 위치를 묻는 내게 경비원은 손가락으로 내 머리 위를 가리켰다. 정신을 차리고 위를 올려다보니 '石庫 门 屋里厢 博物馆(스쿠먼우리샹박물관)'이라는 직사각형 모양의 작은 명판이 보였다. 기념품을 파는 가게인 줄 알고 몇 번이나 지나쳤던 이곳이 박물관이었구나. 멋쩍은 웃음을 지으며 고맙다는 인사말을 건네고 나는 가게 안, 아니 박물관 안으로 들어갔다.

고급 모델 하우스. 박물관을 관람하면서 든 첫 번째 생각이었다. 이 박물관에서 구현해놓았다는 1920~30년대 상하이 중산층의 생활상은 지금 기준으로 봐도 화려하고 고급스러워 보였다. 부자 친구 집에 놀러간 가난한 집 아이처럼 나는 주눅이 들었다. 벽은 영화 포스터로 장식이 되어 있고, 비싸 보이는 많은 가구들과 선풍기, 타자기, 그리고 최고급 턴테이블까지 갖춰져 있었다. 거기다가 부부 침실, 딸의 방, 어린 유아를 위한 방까지. 저희 스쿠먼우리샹은 모든 가족 구성원들에게 개인 공간을 보장합니다. 럭셔리한 라이프와 최고의 프리미엄을 경험하십시오. 분양 문의는…….

스쿠먼우리샹박물관에서는 상류층의 삶의 양식을 구현해놓았지만, 《상하이 모던》의 저자 리어우판은 박물관의 풍경과는 조금 다른 설명을 한다. 리어우판에 따르면 부유층 중국인들은 인구가 밀집되어 있는 스쿠먼보다는 고급 아파트나 맨션에 살았다. 스쿠먼에 사는 사람들은 대부분 중하위층이었고, 이들이 경제적으로 풍족하지 않았다는 사실은 팅쯔젠亭子間이라 불리는 쪽방을 세놓는 것이 일반적이었다는 것에서도 확인된다. 창문이 북쪽으로 나 있어

어느 언어학자의 문맹 체류기

서 여름에는 덥고 겨울은 추운 쪽방인 팅쯔젠은 임대료가 매우 쌌고, 이런 이유로 가난한 상하이 문인들의 터전이 되었다. 리어우판은 10제곱미터도 안 되는 방 안에 문인 두세 명이 모여서 작업을 하는 경우도 있었다고 전한다. 그 작업 중 일부분은 스쿠먼 주인과 가족들의 사생활을 소설로 변신시키는 것도 있었을 것이다. 이렇게 보면 스쿠먼의 주인들은 돈 몇 푼을 위해 자신들의 사생활을 포기한 셈이다.

3층으로 올라가니 한쪽 벽면에 동영상이 상영되고 있었다. 인민복 차림의 사람들이 골목을 왕래하던 시절, 한 꼬마 여자 아이가 집 안의 벽에 나 있는 작은 구멍에 자신이 쓴 편지를 감춘다. 긴 세월이 흐른 후, 백발의 우아한 노부인이 된 그 아이는 자신의 가족(지나치게 화목해 보여서 오히려 부자연스러운)들과 함께 스쿠먼을 다시 찾는다. 인민복 차림의 서민들이 걷던 골목은 이제 신천지가 되어 있다. 노부인은 놀라움과 경이에 빠져 신톈디를 걷다가 자신이 살던 집을 발견하고, 그 집에서 기적처럼 편지를 찾게 된다.

꾀죄죄한 옷차림의 여자 아이가 우아한 귀부인이 된 것처럼 스쿠먼 골목도 화려한 신천지가 되었다는 메시지. 동영상을 보고 있자니 왜 중국 공산당이 자신들의 기원이 된 성지인 전당대회기념관 옆에 신톈디를 만드는 것을 허락했는지, 아니 만들게 했는지 이해가 되었다. 왜 스쿠먼 골목의 이름이 신천지인지도.

'정원사 새'라고도 불리는 호주의 바우어새는 암컷을 유인하기 위해 온갖 장식품으로 자기 둥지로 향하는 진입로와 정원을 꾸민다. 심지어 이 새는 장식품들을 크기순으로 배치하여 자신의 둥지가 더 커 보이도록 만드는 착시 현상까지 일으킬 줄 안다. 바우어새는 원근법을 구사하는 것이다.

국가라는 바우어새도 착시 현상을 불러일으킨다. 중국 공산당은 제1차전당대회기념관 근처의 스쿠먼 골목을 싹 밀어버리고 공산주의 신전을 건설하는 대신, 중하층민들의 거주지인 스쿠먼 골목을 화려함과 자유로움이 흘러넘치는 상업 단지로 변신시키고 거기에 신천지라는 이름을 붙였다.

공간의 구성은 일종의 발화이자 이야기의 방식이다. 어휘의 배열에 따라 문장의 의미가 달라지듯이, 공간의 재구성과 배치는 새로운 의미를 만든다. 신톈디라는 공간이 발화한 내용은 내게 다음과 같이 들린다. '여기 중국 공산당 운동의 출발점이 있다. 그리고 인민의 삶(스쿠먼)과 함께한

그 운동의 결과물로 현대 중국은 여기 신천지에 당도했다.'
신톈디와 중국공산당제1차전당대회기념관은 착시 현상을
불러일으키는 '중국'이라는 바우어새의 장식품이다.

　다시 박물관 밖으로 나오자, 야외 테이블에서 여전히
맥주와 음식을 즐기고 있는 관광객들이 보였다. 여기 스쿠
먼 롱탕이 진짜 골목이던 시절, 관광객들이 앉아 있던 자리
에는 스쿠먼의 거주민들이 앉아서 식사를 했을 것이다. 문
득 어릴 적 스쿠먼에 살았다는 궈선생이 한 말이 생각났다.

　"골목에 식탁을 놓고 이웃들이 마주 보고 식사를 했다
고요?"
　"네, 그때는 그랬죠."
　"그럼, 고기같이 맛있는 음식이 있으면 나눠 먹고 그랬
겠네요."
　"아니요. 안 나눠주고 서로 얼굴 보면서 먹었어요."
　"아니, 왜요?"
　"자랑해야죠."

　내가 스쿠먼우리샹박물관에서 기대했던 것은 이런 이
야기였다. 이 집에 살았던 수많은 사람들의 목소리. 화음보

다는 불협화음이 더 많았을 그 목소리들. 그 목소리의 주인공들이 켜켜이 쌓아놓은 시간의 지층들. 그러나 국가라는 바우어새는 이런 장식품을 좋아하지 않는다. 목소리는 휘발되고 시간의 지층은 이제 철거되고 없다. 바우어새가 버린 것들.

스쿠먼우리샹박물관

"스쿠먼우리샹박물관 3층의 홍보 영상 본 적 있으세요?"

"보긴 했는데 별 내용 없던데요?"

"거기서 여자 아이가 스쿠먼 집 벽에 있는 구멍에 편지를 숨기는 장면이 있죠?"

"그거는 기억이 나네."

"저는 그 장면이 묘하게 〈화양연화〉의 마지막 장면을 떠올리게 하더라고요."

"〈화양연화〉를 따라한 거다?"

"심증은 있지만 물증은 없습니다."

"그렇지만 쉬거우도 〈화양연화〉의 그 장면에 영감을

받아서 소리로 지은 박물관 프로젝트를 시작했잖아요?"

"에이, 쉬거우 얘기와는 다르지."

"근데 나는 다른 게 눈에 들어오더라고요."

"뭐요?"

"주인공 여자 아이를 연기한 아역 배우 있잖아요. 저는 아이의 내면에 있는 다양한 이야기를 아이의 얼굴에서 읽었어요."

"근데요?"

"그 아이가 노년의 귀부인이 되잖아요? 근데 그 노부인은 지극히 개성이 없는 인물처럼 보이는 거예요. 저는 그 아이 안에 있던 수많은 이야기가 사라진 것처럼 생각되더라고요."

"에이, 그냥 홍보 영상이잖아요. 당신이 칸영화제 심사위원이야? 홍보 영상 보고 예술하시면 안 되죠."

"저는 이런 스쿠먼우리샹박물관의 성격이 싫어서 쉬거우가 자신의 작품을 여기서 출몰시키는 게 아닐까 하는 생각을 했어요."

"근데, 그래서 거기서 소리로 지은 박물관을 경험했어요?"

"사실은…… 발견하지 못했습니다."

"이거 청취자들에게 불신을 심어주는 팟캐스트인데."

"그러니까, 바로 다음 후보지 소개하죠. 어딥니까?"

"쉬거우의 작품이 출몰하는 그다음 후보지는 런민궁위 안人民公園, 우리말로 인민공원에 있는 상하이현대미술관입 니다. 여기는 다양한 현대 미술 기획 전시를 볼 수 있어요. 그런데 입장료는 현금만 받으니까 현금 반드시 준비하시기 바랍니다."

"나는 현금이 너무 좋아."

"나도 좋아."

벽 속으로 들어간 아이들

상하이현대미술관은 인민공원 안에 있다. 주말이면 많 은 사람들이 현대미술관을 찾기 위해 인민공원으로 몰려든 다, 라고 쓰고 싶지만 어림도 없는 소리. 주말의 인민공원은 결혼 중매 시장에서 거래를 성사시키려는 노인들로 가득하 다. 노인들은 자녀들의 나이, 신체 조건, 학력, 직업, 성격 등 과 상대방에 대한 요구 사항이 자세히 적힌 프로필을 우산 에 붙여놓고, 근심어린 표정 반 무료한 표정 반으로 지나가는 사람이 관심을 가져주기를 기다린다.

우산 숲 사이를 지나면 통유리 건축물로 지어진 현대
미술관이 나타난다. 미술관 2층에서는 세스Seth라는 프랑스
그래피티 작가의 작품전이 열리고 있다. 전시장 입구의 설
명을 보면 세스는 2018년 2월부터 3월 사이에 상하이 근교
에서 그래피티 작업을 했다. 세스의 작업 장소는 철거를 앞
둔, 하지만 아직은 사람들의 왕래가 이루어지는 을씨년스
러운 골목이었다. 철거 지역의 집들. 그 집들의 문이 있던
자리는 벽돌로 메워져 새로운 벽이 되고, 그 벽에 세스는 아
이들이 노는 모습들을 그려 넣었다.

그중 하나가 제일 먼저 눈에 들어온다. 얼굴이 안 보이
는 한 아이가 분홍, 노랑, 파랑, 색색의 블록을 쌓아 탑을 만
든다. 그 탑 위에는 자연스럽게 중국에서 제일 높은 건물인
상하이타워가 올라가 있다. 이렇게 해서 스러지기 직전의
퇴락한 상하이의 모습과 미래 도시 상하이의 모습이 하나
로 연결된다. 그러나 아이가 만드는 블록은 이제 곧 무너지
고 사라질 것이다.

철거 예정인 골목에서 제일 먼저 사라질 것은 아이들
이 만들어내는 소리일 것이다. 아이들이란 소리로 가득 찬
존재들이다. 아침에 눈 뜰 때부터 저녁에 잠 들 때까지 그들

은 끊임없이 온갖 소리를 만들어낸다.

아이들이 사라진 거리에 세스는 다시 아이들을 부활시킨다. 그런데 세스에 의해 다시 등장한 아이들은 대부분 얼굴이 안 보인다. 세스의 아이들 중 상당수는 등을 돌리고 있다. 그중 줄넘기하는 아이는 아예 벽 속으로 들어가려고 한다. 자전거를 탄 아이도 벽 속으로 들어가고 있다. 세스의 아이들에게 벽은 사라진 세계로의 통로이다. 이 아이들은 잃어버린 시간과 현재를 넘나드는 존재들인 셈이다. 세스의 아이들이 아니더라도 이 세상 모든 아이들은 언제나 다른 세계로 가는 통로를 찾는다. 그것이 침대 밑이든, 벽에 난 작은 구멍이든, 지하실이든 상관없이. 〈나니아 연대기〉의 옷장, 〈해리포터〉의 런던 킹크로스역 9와 3/4 승강장은 다른 세계로 가는 통로이고, 세스의 벽도 마찬가지다.

세스의 아이들이 놀면서 내지르는 소리들은 이쪽 세계에서 울려 퍼지는 것이 아니라 이미 잃어버린 세계인 벽 안쪽으로 퍼져 나간다. 다시 아이들이 나타났지만 여전히 이쪽은 소리가 사라진 세계이다. 그런 점에서 세스의 작품들은 명랑함과 헛헛한 쓸쓸함이 함께 녹아 있다.

작품들을 둘러보다 나는 전시관 안쪽으로 하얀 벽이 설치되어 있다는 것을 깨닫는다. 벽 안에 뭔가 전시되어 있는 게 있나 궁금증이 일어날 때쯤, 다른 관람객이 한쪽 눈을 감은 채 벽에 얼굴을 대고 있는 것이 보인다. 가만 보니, 벽에 작은 구멍들이 뚫려 있다. 나도 얼굴을 벽에 대고 구멍 안을 쳐다본다. 작은 틈새로 아까 본 작품 속 아이들의 모습이 보인다. 구멍을 옮겨 가며 다시 작품들을 보다가, 나는 구멍에 눈 대신 귀를 갖다 댄다.

크레타인은 거짓말쟁이다

"요즘 상하이현대미술관에서는 어떤 작가의 작품이 전시되고 있죠?"

"세스라고요, 1974년생 프랑스 작가입니다. 이 양반은 마이애미, 베를린, 그레노블 등 세계 다양한 도시에서 놀고 있는 아이들의 모습을 주제로 그래피티 작업을 하는 작가예요."

"이번에는 어떤 작업이죠?"

"상하이 주변부의 다 쓰러져가는 철거 예정 지역에서 작업을 진행했더라고요."

"이런 거 중국 당국이 싫어하지 않나? 보여주기 싫은

모습일 텐데. 안 그래도 그래피티는 일종의 범법 행위 성격을 가지고 있잖아요?"

"이 장르가 태생적으로 그런 성격이 있죠. 만약 뱅크시가 현관문 앞에 그래피티를 그려 놓았다. 그럼 어쩌실 거예요? 그것도 새로 이사한 집 현관문에?"

"어휴, 생각만 해도 피가 확! 아니고…… 그럼 감사하지! 그 현관문 당장 뜯어서 경매에 붙여야죠."

"세스가 뱅크시처럼 사회적으로 강한 메시지를 전달하는 작가였다면, 중국 당국에서 애초에 허가를 안 했겠죠."

"쉬거우가 뱅크시처럼 얼굴 없는 작가인 것도 비슷한 이유가 있겠네요."

"그렇죠."

"맥락에서 조금 벗어나는 질문인데, 쉬거우란 중국 이름을 우리 식으로 바꾸면 어떻게 됩니까?"

"알면 실망할텐데."

"설마 세계적 SF 작가 테드 창Ted Chang의 본명만큼 할까요?"

"테드 창 본명이 뭔데요?"

"강봉남입니다."

"헉, 음…… 봉남 씨 정도는 아니고요. 아, 이 방송을 듣고 있는 분들 중 봉남이라는 이름을 갖고 계신 분이 있다면 사과드립니다. 봉남 씨 이야기는 여기까지 하고, 쉬거우란 이름은 우리 식으로 하면 '허구'입니다. 빌 허, 꾸며대다 구, 허구虛構."

"허구라…… 뭐 작가 이름으로서는 그닥 나쁘지는 않네요. 그건 그렇고 현대미술관에서 소리로 지은 박물관 발견했습니까?"

"글쎄요."

"또 글쎄요야? 이러면 우리를 청취자분들이 어떻게 생각하시겠어요?"

"아니, 우리는 크레타인이잖아요. 청취자분들도 우리가 크레타인인 것을 알고요. 크레타인 에피메니데스가 뭐라고 했죠?"

"모든 크레타인은 거짓말쟁이다."

"저는 '모든 크레타인은 거짓말쟁이다'라는 말이 사실이라고 믿습니다."

"그럼 에피메니데스도 크레타인이니까 '모든 크레타인은 거짓말쟁이다'라는 말은 거짓이겠네요."

"그렇죠. '모든 크레타인은 거짓말쟁이다'라는 말은 거짓이니까, 모든 크레타인이 거짓말쟁이다라는 말은 사실이 아닌 거죠. 이제 '모든 크레타인은 거짓말쟁이다'라는 문장 대신 모든 크레타인은 거짓말쟁이인데, 한 크레타인이 '소리로 지은 박물관이 존재한다'고 말했다라는 말을 넣어보죠."

"야, 이제 그만해!"

귀를 기울이면

전시관의 작은 구멍은 다시 나를 범식이네 집으로 데려간다. 하나씩, 하나씩, 범식이네 집에서 듣던 소리들이 나를 찾아온다. 제일 먼저 들리는 소리는 이런 노래다. "식빵같이 생긴 ET의 머리 하하하하 우스워." 범식이네 집 앞마당의 평상에서 범식이 누나가 자기 아버지의 라디오 카세트 플레이어로 들려주던 산울림의 노래. 같이 따라 부르라는 누나의 말에 노래를 따라 부르려 할 때 옆에서 엉엉 우는 소리가 들린다. 머리에 생긴 종기의 고름을 짜는 게 무서워 범식이가 통곡을 하고, 그 울음소리에 범식이 아버지가 범식이에게 뭐가 무섭냐며 고함을 지르고 있다. 잠시 후 또 다른 소리. 뭔가 타닥타닥 타는 소리. 지금은 사라진 음식인 말린 갈치를 연탄불에 굽는 소리다. 나는 범식이 입에 물려 있는 말린 갈치를 보며 부러워한다. 그러다 들리는 우리 아빠의 오토바이 엔진 소리, 그 소리를 듣고 뛰어가는 내 발걸음 소리. 그 모든 소리들은 차츰 잦아들고, 사위가 어두워진다. 어느덧 나는 다시 작은 셋방에 잠들어 있다. 어두운 밤, 잠결 너머로 제주항에서 출발하는 카페리선의 뱃고동 소리가 들려온다.

상하이현대미술관을 나와서 집으로 돌아가는 길. 나는 잠시 멈춰서 길에서 들려오는 상하이의 소리들을 들어보고, 내가 들었던 상하이의 소리들을 떠올린다. 공원에서 한 노인이 켜는 해금 소리, 광장무를 추는 사람들이 카세트로 틀어놓은 경극 스타일의 노랫소리, 패밀리마트 편의점에 들어갈 때 점원들이 하는 인사, 숙소 근처 과일가게 가족들이 가게 앞에 둘러 앉아 저녁 식사를 하면서 웃고 떠드는 소리. 아침에 학교에 아이를 데려다주는 엄마가 아이에게 뭐라 당부하는 말들. 그런 소리들. 소리들.

모든 것들은 사라질 운명이고, 그중에서 제일 먼저 사라지는 것들은 그런 소리들이다. 그러나 언젠가 나는 벽에

난 작은 구멍에 귀를 대고 이곳 상하이의 소리들을 찾을 것이다.

그렇게, 다시, 귀를 기울이면.

감사의 글

먼저, 중국의 만리장성 방화벽에 감사를 표하는 바이다. 만리장성을 그냥 넘는 것이 아까워 장성을 넘을 때마다 페이스북에 글을 올렸는데, 그 글에 지인들이 반응해주면서 이 책은 시작되었다. 지인들이 보여준 반응은 내가 계속 다음 글을 쓰게 하는 결정적인 동력이 되었다. 한 분 한 분 이름을 불러드리지 못하지만 온라인상에서 나를 격려해준 지인들과 서강대학교 한국어교육원의 자매들에게 고마운 마음을 전한다.

어떤 사회에서 '문맹'으로 산다는 것은 낭만하고는 전혀 관계가 없는 일이다. 오히려 엄혹하다. 그나마 이 겁 없는 문맹이 상하이에서 온전히 살아갈 수 있었던 이유는 많은 분들의 도움 덕분이었다. 먼저 전남대학교 국어국문학

어느 언어학자의 문맹 체류기

과와 국어교육과 선생님들께 감사드린다. 선생님들이 전수해준 많은 경험들은 상하이 생활에 큰 도움이 되었다. 나를 호의와 환대로 대해준 황현옥 선생님을 비롯한 푸단대학교 한국어문학과의 여러 선생님들께도 감사의 마음을 전한다. 특히, 이 책에서 G선생님, 귀선생님으로 등장하는 곽일성 선생님께 특별한 고마움을 전한다. 곽선생님은 보통 사람이라면 평생 가보지 않을 경찰서를 이 못난 한국인 동료 덕분에 여러 차례 들락거려야 했다. 저녁마다 맥주잔을 기울이며 탁구의 기술이며 한국어의 주어까지 온갖 주제로 토론을 벌였던 강보유 선생님과 서울시립대 목정수 선생님께도 감사함을 전한다.

밝은 눈으로 이 책이 나오는 길을 이끌어준 은행나무 출판사의 하선정 편집자께도 감사의 말을 전한다. 무엇보다도 하선정 편집자의 격려는 이 글들이 과연 세상에 나갈 만한 것인지 확신이 없던 내게 큰 힘이 되었다.

제주도의 아버님, 어머님께도 죄송함과 감사의 말씀을 올린다. 두 분의 허락도 없이 이 책에 불편하실 수 있는 두 분의 이야기를 끼워 넣었다. 부디 이해주시리라 믿는다. 더불어 언제나 사위의 안위를 걱정하시는 부평의 아버님, 어머님께도 감사의 말씀을 올린다.

항상 옆에서 나를 지지해주는 동반자 서유경과, 이 세상에서 제일 씩씩한 소녀 이현, 제일 마음 따뜻한 소년 재우에게도 말로는 다 전하지 못할 고마움을 전한다. 이 세 사람은 지금도 여전히 나를 가르치고, 깨우치고, 성장시키고 있다. 상하이의 방에서 혼자 우두커니 앉아 밥을 먹을 때면 나는 이 세 사람의 쉴 새 없는 수다가 그리웠다.

　　마지막으로 언어가 안 통하는 이 땅에서 고군분투하고 있는 모든 이주민들과 난민들에게 연대의 마음을 전한다.

어느 언어학자의 문맹 체류기

1판 1쇄 발행 2019년 8월 16일
1판 5쇄 발행 2023년 3월 1일

지은이 · 백승주
펴낸이 · 주연선

(주)은행나무
04035 서울특별시 마포구 양화로11길 54
전화 · 02)3143-0651~3 | 팩스 · 02)3143-0654
신고번호 · 제 1997—000168호(1997. 12. 12)
www.ehbook.co.kr
ehbook@ehbook.co.kr

ISBN 979-11-89982-37-9 (03810)